深圳当代短小说**8**大家

邓一光 / 主编

盛可以作品

缺乏经验的世界

QUEFAJINGYANDE
SHIJIE

深圳出版发行集团
海天出版社

图书在版编目（CIP）数据

缺乏经验的世界 / 盛可以著. — 深圳：海天出版
社，2012.1
　（深圳当代短小说八大家）
　ISBN 978-7-5507-0246-2

　Ⅰ. ①缺… Ⅱ. ①盛… Ⅲ. ①短篇小说-小说集-中
国-当代 Ⅳ. ①I247.7

中国版本图书馆CIP数据核字(2011)第184634号

缺乏经验的世界
QUEFA JINGYAN DE SHIJIE

出　品　人　尹昌龙
策　　　划　冬　风
责 任 编 辑　梁　萍
责 任 技 编　蔡梅琴
装 帧 设 计　李松璋书籍设计工作室

出版发行　海天出版社
地　　址　深圳市彩田南路海天大厦　（518033）
网　　址　www.htph.com.cn
订购电话　0755-83461001(批发)　83460397(邮购)
设计制作　深圳市海天龙广告有限公司　Tel：83461000
印　　刷　深圳市佳信达印务有限公司
开　　本　889mm×1194mm　1/32
印　　张　6.8125
字　　数　150千
版　　次　2012年1月第1版
印　　次　2012年1月第1次
定　　价　25.00元

目录

德懋堂

2005年7月20日我的存折突然增额200万，我没有追查这笔钱的来历，任它如野外的尸体，孳生着利息的蛆。如今我已把这笔巨款连本带息交给了殷勤的售楼小姐，成为德懋堂三号楼的户主，我雕花木刻的名字固定在门楣右侧。坦白说，能在这种迷人的徽派建筑里……哦，建筑，该死的，我又扯上它了。可老天知道，这些年，不管我多么小心地避开这个瘟疫般的名词，终是徒劳无用，它早就成了马墙的化身，如妖魔附我体。他仍然掌控着我，没有比这更糟糕的了。我的情绪在瞬间变暗，片刻前还在享受湖光山色，晒着早春暖阳，恍惚间竟觉得正穿着马墙的浅灰色毛衣，披覆着他的体温了。

我钻出马墙薄毛衣般的覆盖，从竹质躺椅上站了起来，让那股青柠檬酸味慢慢下淌到心尖。我回望了一眼刚躺过的地方，马墙在那儿，留着一个空洞。

顺着石头阶梯上坡，我想登高望远，让风光将马墙抹掉。柳条轻摇，阳光疏影在白墙上晃动，青瓦屋角飞卷。没错，我是马墙的客户。当我在报纸上看到德懋堂的售楼广告，我知道马墙的建筑梦想实现了。我说不清为什么要买这造在山里的房子，但确实没有和马墙死灰复燃的意思。五天前，我正式搬到三号楼，一切收拾妥当之后，我坐在湖边的乌篷船上吹风，仰望贴着山坡生长的十八栋建筑，四周仙气缭绕，湖中小岛的桃花开得粉白，枝上堆雪，天空和湖面一样的淡蓝，一样的宁静。当时我以为，江湖不在了，鸟兽散了，用不着信佛，我的心已臻入平和境界了，就像这德懋堂的湖，除了下雨时微泛笑意，永远平整清澈如镜。不料想，突然间内心一阵骚乱，风雨满湖。我俯首湖面，水纹像微波信号一圈圈扩散。

儿子们正在捉迷藏，玩这一类游戏时他们总是庄重严肃，有时候需要一整个下午才能找到某一个的藏身之所。有一次老三匿身在冬瓜梁上，直到其他游戏者把他忘了，自己溜了下来。他们是三胞胎，长得一模一样，只有我才能从细微的差别中分辨他们。

好吧，我打算向你和盘托出。不过请原谅，因为化学作用，说起马墙，内心那股沉默的温泉难免会有所沸腾，我会尽量控制，不至于将你的脆弱灼伤。你已经知道马墙是个建筑师，他研究徽州民居，游走民间多年，很早便收集雕花的破门烂窗，村民从墙上抠下来的石板浮雕，好像还有黄花梨、紫檀木的明清家具，多是缺胳膊少腿。说他是个收藏家也不会错。

2004年整个春天我都在西递村闲荡，什么也没干。那时我正搞着似是而非的恋爱，心是散的，有人要拣这空子钻进来，我就会愉快地从了。自那谁谁谁之后，我几乎没再具体地爱过，心肝肺还保持着被他疼过的原样，我把他掖进了时间的皱褶里，让他不那么好找。

你觉得我说这些有点离题，其实没有。接下来你就会知道，用那谁谁谁做铺垫，都是为了马墙。

马墙仿佛一栋行走的建筑，随身携带两眼清澈湖水。我初见他，便觉他美得一塌糊涂。千万不要用明星们肤浅的外貌来联想马墙，两码事。用文字描述一个人，总是费力不讨好。所以我不打算像苏联作家那样，对一个人物的出场费尽笔墨。

当时我远远地用自己的身体量了一下他，高一米七九；再磅了一下他的体重，不出八十公斤。这种事我向来拿手，差错极微。

但我总得说说他长什么样儿。他是那种带着建筑物的沉稳凝重，与建筑浑然一体的人。唔，这么说吧，就是新古典建筑风格的，古典与现代的结合物，有中式的含蓄，有德式的庄重、法式的浪漫、意式的简洁……这似乎有点混乱，不，在马墙那儿，没有什么是混乱的，哪怕是他的建筑草图，每一根线条都清晰有序，他掌握着我们每一次混乱的场面，在我被黏上蛛网苦苦挣扎时，他永远理得清千丝万缕的纠结。他的心像建筑内部的不同空间，功能明确，从不含糊。有时候我觉得他就是复杂的几何图，没有现成的公式能计算出他在想什么。

正是他这一点让我无比痴迷。

我不懂建筑，懂点男人，但搞建筑的男人常常让我犯晕。和马墙折腾期间，我把他当做梁思成，有时自己也仿佛很林徽因，写诗吟诵风月什么的。我的爱情诗相当蹩脚，据朋友们说，我唯一到达的巅峰才情，是与马墙出事前写的《那一晚》，我在诗中回光返照。你要相信，我写诗并不是为了唤醒马墙，只是抚摸爱情的狗，在它成为祭坛供品前表达我难舍的温情。要知道，在男女关系中，与你相依为命的，不是别的，就是这条狗。

我背靠一根碗口粗的楠竹，坡下杏花丛中飞出青瓦屋檐，隐约半扇空窗。竹林有竹千棵万棵，我为什么选了这一棵，而不是那一棵？为什么是马墙，而不是张三李四？马墙在杏花丛中。竹叶与空气摩擦出的骚动声响，像马墙在我身上的呼吸。

2004年春天，我在西递村无所事事，要么一身大红配葱绿，要么一身素白无杂色，坐在斑驳的老房子前发呆，不知闯进了多少美院男生的画板。村边有条缓慢东流的浅水溪，阳光也是缓慢的，明亮的溪水中，总有鱼逆流而上。我就是这么远远地见了马墙四次，每次他都在和本地人聊天。我相信他知道我在注意他。我甚至怀疑后几次是他的刻意安排，在离我几十米外的地方，他戴着浅灰的棒球帽，说话时心不在焉。自那谁谁谁之后，我总觉得很饱，没有饥饿感，没有欢喜欲，椅子一坐一个洞。

我知道我看上这家伙了。我等着他来找我。

"人生若只如初见"，我对此话有十分深刻的体会。我一眼洞穿了尚未发生的故事。一想到不久后，我便要把这个戴棒球帽的称作"宝宝"，便觉得人生充满无聊。我没有任何好奇心，从我发现他的那一刻起，便冷眼看着自己和他如何发展。五天后他突然失踪，我甚至为此松了口气。又过了半个月，他彻底消失，于是我决定撮一顿表示庆祝。我在农家小馆子里叫了几个菜，有春笋、蕨根、腊肉、臭桂鱼什么的，还要了一壶杨梅酒。酒色微红，像果汁，世界上到处是温柔的陷阱，我喝完才知道这是48度的烈酒。但那着实过瘾。回去的路上，我对着无边的油菜花醉哭，沾了一身花粉。黄昏斜阳和着金黄的油菜花让我以为自己正在燃烧。除了影子，我了无牵挂，其间接了电话，忘了说了什么。我凑到别人跟前看人画画，有一搭没一搭地聊天。他们显然"认识"我，但不知我的清闲是拿年假、探亲假，以及未来的婚假产假丧假兑换来的。我不想告诉他们。

夜半时分，我肚子绞痛，上吐下泻。我把自己吃坏过。谈恋爱总会遇到坏食品，你需要一副好肠胃。我吐了一个小时，吐完烈酒浸泡过的春笋蕨根腊肉臭桂鱼，再吐苦胆水，没什么可吐时便吐血。我吐血时看到了自己的死亡,像个醉汉跌跌撞撞地走出门。深夜的村子里除了稀疏犯困的路灯就是死静。没有的士,没有医院。我在路灯下蜷成一团,继续吐血。

我没有用手机求助,忽然想和死神赌一把。

马墙就是在这个时候出现的。我已虚脱,他二话不说抱我上车,二十分钟后赶到医院,拍醒了睡觉中的值班医生。

我记得那晚医院的灯光如太平间般的惨白。医生不断地对马墙说,你妻子……我们都没有去纠正他。天亮时走出医院大门,我挽着马墙的胳膊。

德懋堂更像是休养的地方,因为不在公共假期,除了我,几乎没有外人。到处是马墙的气息。甚至"鸣琴BAR"的招牌也是他做的。古琴形状的木质材料,文字阴刻,内刷黑漆,也许是因为经历过我,他的字有些沧桑劲道。我当然知道他"鸣琴而治"的理想追求。马墙骨子里是个诗人。他对我说得最多的是让徽州民居与现代建筑杂交,延续徽居基因。我现在才发现,我几乎参与了德懋堂的每一个细节。他一直擅长利用光影,把枯燥单调变得丰富有趣。那时候他经常调整床头灯的射线角度,让我们的叠影呈现不同的视觉效果。爱情加光影的变化,让我们的身体总是鲜活。直到出事。

在医院的那个晚上,我知道马墙失踪是因为妻子早产,他有儿子了。"六斤。"他简单地说,然后将镜头转向我们。

我想象了一下"六斤"的母亲,但这对我和马墙没什么好处,我很快撇下了她。"我早就看见你了。"马墙说,后来一直在猜想你是干什么的。

我说过我懂点男人,我没吹牛。那晚,我趁着病弱翻出了压箱底的孤独无助,我是真的垮了。那晚,全世界都聚集在我的脸上。马墙的眼睛是黑夜的湖，那一瞬即逝的波光泄露了湖心的秘密。我并不意外。洗劫一空的胃终于饿了，医生说不能马上吃东西，胃伤着了，得让它休息一下。我觉得这个医生并不了解胃。不了解胃，也就不了解爱情，食欲是健康的表现，想吃就没病，能爱就有光。

马墙始终没猜对我的职业。我在美术学院教英语，就像吃火锅喝红酒，穿西裤配球鞋，属于没有品位的混搭。马墙说：“你对色彩很敏感。”我想他说得没错，但我对男人更敏感。这是天赋。

因祸得福，一次食物中毒收获马墙，只有脑子有病的人才会在热恋中担心福兮祸之所伏。

我停在鸣琴BAR门口，因为雷吉音乐忽然切换成了《寂静之声》。微风中杏花飞落。这是马墙最喜欢的歌。时间刻在那块大石头上，马墙弹吉他，有时吹口琴，我们对着活泼的溪水，将这首歌唱得波光粼粼。我转向伸探湖面的天台，那里有藤椅与石桌，旁边开着大朵的山茶花，与山遥望。服务员穿着蓝色套裙，笔挺漂亮，我刚坐下，她便给我端来了茶水和点心。我抹掉了脸上冰凉的东西，道了谢便无话可说。小姑娘生怕冷落了我，好像陪我说话是她工作的一部分。她涂着腮红，身体饱满，洋溢着和春天一致的快乐。她说老板已经回来了，正在视察二期工程，二期就在湖水绕过的山那面，水路比山路近。我注意到湖面的乌篷船不见了。我的身体忽然点了穴似的变得僵硬，好像马墙已经在我跟前。紧接着，我浑身哆嗦，牙齿在嘴里上下叩击。那年，我央求见马墙最后一面，他断然拒绝，他说他想怎样就怎样。

我的手在发抖。我把它们插进紧绷的牛仔裤口袋，勉强制服它们。我就这样顺着两侧花开的石板小径回到三号楼。剩下的时间，我一直站在阳台盯着湖面，直到连小岛也看不清楚，伸手不见五指的夜幕落下。

我坐在黑暗里。安全感来到心中，我恢复了平静。

事实证明，某个特定的结局形成，所有的一切都是帮凶，连时间也不例外。那年春天倘若我休完假便离开，和马墙不过是一场于人生无损的艳遇，可我的假期连上了暑假，七月火热升温，我们不觉感情深陷。

大约十点，我听到归棹声，桨橹搅碎水淋淋的夜，船上隐约有人哼唱《寂静之声》。微风与寂静扛着歌声轻悠的尸体抵达我，不必掀开覆在他脸上的面纱我便知道歌者是谁。我像歌声穿过漆黑的客厅，并不触碰任何家具。黑暗中有盏红灯笼悬挂在乌篷船头，湖面一圈朦胧光晕。我看着那团红光，移动，靠岸，一个男人从光晕中钻出来，弯腰系船，然后取下灯笼引路，消失在树林里。

一切重陷寂静，只有我的伤口在黑暗中发光。

夜晚是我的春天。如果有月亮，我便是一切地面的阴影。杂草野花，蜜蜂嗡嗡蝴蝶飞，水从天上来。习惯已使我的黑夜变成白昼。我曾想顺着石板小路假装与马墙巧遇，但镜子提醒我，脸色太白不宜见人，我无法像过去那样，穿着白裙子站在银白的路灯下完成久别重逢的浪漫。我只好躲在桃树的阴影里，看马墙提着红灯笼拾阶而上。他从我身边经过浑然不觉。他的身体带过一丝风，我随之摇曳。这些年，我早已轻薄如纸，不承载任何事物。我比白天更能清楚地看见马墙老了，真的老了。当一颗好良心不得不做出大恶事时，它固定的阴影像X光胶片上的肿瘤一样明显。我一看便知马墙过得沉重而不愉快——他的良心在摧毁他。我并没有为此心生快意，反倒有些内疚，我曾经希望看到远比这不堪的结果，在仇恨与宽恕的天平上，我又添加了一次宽恕的砝码，但天平仍向仇恨倾斜，我不知整件事何时能像蚕茧一样化蝶。

我转回来，继续在我喜欢的黑暗里枯坐，想那些我一直没想明白的事情。比如一个男人，为什么他要你命时跟他救你命时同样能不顾一切。

我和马墙在暑假期间去云南、福建等地考察民居，若没有陪同者，我们便在那些无人居住的古老建筑里交媾。老树的根从墙缝里钻进来，像筋脉突起的手。我们并不在意长着绿苔的天井、模糊不清的门神塑像。那一天我们热汗淋漓，从破败的木雕窗里灌进来的阴风吹得我打了个冷颤，我突然感觉身体里被种下了什么。暑假结束我们各自回巢，马墙去上海，我回杭州。"我随时会去看你。"机场分手时马墙对我说。他把手上的籽玉手链摘下来，给我戴上，有它陪着你，不许胡思乱想。

马墙盯着我腕上的籽玉手链。我知道它黯淡无光，远不如在他手上鲜活。他说："你还戴着，以为你早扔了。"马墙的话充满自知之明。我的确扔了马墙给的这唯一的信物，但立刻从垃圾桶里捡起来，锁在抽屉里。我们的重逢出奇的平淡，仿佛一对暮年夫妻。这是在鸣琴BAR外的天台，雨刚停不久，天色混沌未开，大篷伞如羽翼折叠收拢，不时有水珠从树叶落下。湖面的波纹匀称而从容。而我和马墙之间，并没有风轻云淡的意思。在他反目，并且说出那番毫无人性的言语之后，我曾经多么想一把将他撕碎。

"你一点儿也没变。"马墙说。

我笑时将嘴抿得更紧。我右边的牙齿全部毁了，脸上经过修补。

"……我一直在找你。"这是马墙的第二句话。

这时候，一个年轻男人大步迈过阶梯，直奔马墙："湖里那岛卖吧？"

马墙看看来者，又扭头望了一下湖面："那个岛？水一涨就淹了。"

"我有办法，你开个价吧，我给你钱。"年轻男人把手伸进腰包像是掏钱，但他只是摸出一张名片，马墙顺手放在桌上。

"你有什么办法？"马墙问，完全是调侃。

"架空二十米再盖房，健康疗养的好地方。"年轻男人说着，突然转了个话题，"我看这边上的竹子种多了，容易引发泥土滑坡……而且挡了阳光，阴气偏重……"

我埋头用小长匙搅拌咖啡，遇上这样的人，我随时准备离开。

马墙转向我，挥挥手打发了他："有什么事，去跟这儿的经理谈。再见。"

我拿起名片，看到顶行的红字写着"风水占卜"和"烟酒零售"。"是个骗子。"我说。

"应该是来踩盘的。"马墙穿着咖啡色长袖T恤，脸庞有点发虚，也许正是这种肌肉的松动使他显老。"这些年……你到哪里去了。"

"到处旅行。"我说。并且胡乱编了些地方。

饱满笔挺的服务员给马墙添水。黄山毛尖像一群海豚在玻璃杯里表演翻腾，然后笔直地滑向海底。

我感到耳边风声呼啸，茶叶纷纷尖叫，地动山摇，它们稳稳地落在杯底。于是风平浪静，现世安稳。

马墙的喉结向下滑动，我知道他咽下去的话，他问不出口。

"我有三个儿子。"我主动说。

他站了起来。看不出悲喜，像一栋面无表情的建筑，开着所有的门窗。

"他们……"风灌了一屋。

"活着。"我说。

"噢……"马墙坐下来，看着我，他的眼睛不如以前清澈，"你受苦了。"

最好的演员也演不出这种味道。我躺在他的语调里，体会这几个字的穴位按摩。人们说反季节蔬菜有毒，迟来的软话，算不得滋补营养品。很遗憾，他没有在那个关键时刻当面向我表达。

马墙在2004年秋天宣告失踪，人间蒸发。这一次我没有喝酒庆祝，因为我有点拎不清了。我把早孕测试的结果告诉马墙时，我们都相当淡定。马墙知道我不会用胎芽儿要挟他，我也没有当单身妈妈的想法。他表示要抽空过来与我共渡难关。他要我等他一个星期，他将攥紧我的手去面对冰冷的器械。这番言词听上去挺负责任，我的心里照旧凉飕飕的，男人通常在这种情况下就是一只大灰狼，能把送人下地狱的话也说得温情动人。我知道这是我个人的坎，死活与别人无关。我对马墙说："没事，我会照顾好自己。"

一连三天，我独自在学校后面的树林里抱紧自己走来走去。青春鲜活的新学员从树隙间晃过，我看到枫叶有点想变颜色了。我并不寂寞，我不是一个人，我是一群人，B超单上那三个豌豆大的黑点，都是我的成员，胎检中我听到了他们强健的心脏跳动。我像中了巨额彩票，一时间头脑发蒙。我从没想过会拥有这么多钱，怎么花都是个问题。三胞胎呢，我真行。我感到自己是一条满腹鱼子的鲫鱼，那些金黄的小颗粒把它弄得相当笨拙，它轻易地落了网，不带一丝挣扎。我从医院出来，如一缕水迹慢慢流在街上，水迹快要流干时我给马墙打了电话。我说："马墙，我下不了手。"马墙说："我理解，宝宝你等我过来。"我说："你过来也下不了手，因为有三个。"马墙问："什么三个？"我说："孩子三个，全在我肚子里。"那会儿我听见电话里只剩下呼啸而过的车声，我知道马墙在马路边站住了。我能想象他的样子。

"……孩子们呢？"马墙问道，"怎么不见他们？"他四处张望了一下，德懋堂的竹林深处发出鹅卵石碰击的声响。

"都在杭州，和外婆在一起。"我撒谎。现在是我和孩子们捉迷藏的时间，他们都已藏好，等着我去把他们找出来，有时候这需要几天几夜。他们越来越执着，有一回老大藏得太隐蔽，我找到他时他已奄奄一息，但他没忘打出胜利的手势。他们都这德性。也不是我不想让马墙见我的孩子，他当初不要他们，也应该像以前那样继续不在乎自己调皮的精子是否闯祸。

马墙很久没有说话。我听到马路上的噪音，人们聊着天从他身边经过，小狗汪汪叫。我理解并倾听他的沉默，也终于被他的沉默瓦解。我主动挂了电话，预感凶多吉少。又一阵，他把电话拨过来，嗓音突然变哑。他让我听他的沉默与叹息，他说了他的"六斤"。我始终很克制。那时我觉得世界上最远的距离，就是从上海到杭州，最短的距离是从虚伪到真实。他完全可以在我身边，将我撑起来，继续让我面目华美。

"你都还好？"我问。

"挺好。"马墙说，然后补充了一句，"儿子跟他妈妈去澳大利亚定居了。"

如果我没理解错，他的意思是他们离婚了。我等着他告诉我后来发生的所有事情。

"……我带你走走吧，给你说说这德懋堂的故事。"他说。山尖一大片火烧云，天空亮了许多。

我站起来随他走，我的跛足很明显。"你的腿怎么了？"

"摔了一跤。"我说。我为这他看得见的残疾感到快慰。或许我就是来向他展览所有伤口的。

我在校外租的房子——二十六层高的电梯公寓，可以俯瞰美丽的杭州城。但强烈的妊娠反应让我一上阳台就想吐。我无法上课，请了病假。我整天待在客厅里，或者躺在床上。房间突然变得狭小，我像困兽般焦躁不安。饿了就去楼下的包子铺吃东西，吐了按原样再来一份。几天就把我折磨垮了，恐慌慢慢来到心中。我无法独自面对三个小生命。我把母亲召来了。母亲是个老知识分子，已经守寡十年，我多少继承了一点她的坚韧。两个强悍的女人见面出奇的冷静。母亲一进门就发现情况不妙，她单刀直入，让我早已准备好的话语与技巧立刻作废。我只好事不关己的样子用三句话概括了目前的局面。母亲听完没吭声，独自在阳台站了很久。我们不是被事实难倒，而是被数字"三"困住。我没有向母亲供出马墙，更没提马墙是扔下手雷跑的，他不管我的死活。

两侧茂林修竹。我和马墙走在木质栈桥上。他的手与我的手近在咫尺。在他牵我的手之前，我把它插进口袋。我的手比春水还凉。他握不住。

"这个德懋堂的'懋'字,有什么说法?"我问。

"有劝勉、盛大,还有美好的意思,比如,呜呼懋哉……"我以为马墙会像从前那样展开来深谈,但他看我一眼,似乎意识到自己的欠缺,"我去杭州找过你,也去了你的学校……我那些昏了头的话,太伤你了。"

这么多年,马墙还没明确问题的重心,伤我的不是话,而是人。我相信他没撒谎。他当然得不到我的任何消息。"我辞了职,离开了杭州。事情早过去了,我也忘了。"我这么说着,几乎一个趔趄跌翻,倚着桥栏站稳,腿上的旧伤开始疼痛。马墙刚要有什么动作,我举起手制止了他对我身体的触碰。他看不见我身上有血。

"我不想请求你的原谅……"在按老式德懋堂重建的大宅院里,马墙朝天井的大石缸扔了一个硬币,它没能落在中间的好运柱上,在水里漂走了。"我找不到你。我没有哪一天不惦记着你。这德懋堂的花窗、雕花栏板、冬瓜梁,差不多都是我们一起在乡下淘的……我,把我们的过去建在房子里了。"

我和母亲沉默了一天,到晚上,我吃饱了呕空了,吐出了胆汁。我们的感情曾经像建筑一样牢固。我满嘴苦水,说了一整夜的马墙。马墙未必知道我有多么爱他,我母亲知道。母亲陪着我一夜未睡,当我说我要干什么,她没有反对,落下两行老泪。父亲去世之后,我没再见母亲哭过,她像父亲临终时说的那样,坚强而明亮地活着。但不久我们吵了起来,母亲不能接受我的选择,我们争论很高深的问题,比如爱情的归宿、活着的意义、胎儿的权利,在什么是体面与尊严的看法上分歧最大。母亲承认她白活了60年,她36岁生我,54岁丧夫,她的人生经验于我毫无用处。

我的眼里早就没有眼泪，也不为马墙的表达动容。我看着庭中廊柱上的木刻对联。"这两句话是什么意思？"

"清畏人知名益显，抑然自下德斯崇"马墙被我扯回现实，"简单说，就是做人要低调谦卑。这是别人的句子，我只是借用。"

德懋堂做得很有品位。我就是冲这个"德"字来的。

"我知道……你恨我，应该恨……200万并不是想买你的宽恕。"

我在想我是否仍然恨马墙。我母亲一直充当马墙的辩护人，为马墙开脱，她甚至认为马墙是对的。我真不该告诉她马墙的妻子早产时的惊心动魄，"六斤"进了氧气箱生死难料，妻子心脏病发，为把自己的心脏移植给妻子，马墙差点在医院自尽，命悬一线，一家三口险些全部去了阴间。有一阵，母亲像法官似的完全站在马墙那边，对他不惜代价维护家庭的残忍赞不绝口，直到我提醒她，我是她的女儿，我肚子里有她三个外孙（女），母亲手中的惊堂木便再也没有拍响。这个时候我们都很需要上帝。我们静静地聆听，是否哪个方向能传来奇异的声音，生怕错过上帝的微小暗示。然而什么也没有，除了我们的心跳。风撩拨窗帘，我看见一只鸟在窗口停驻片刻，飞走了。

"我一直在找你……"马墙说，"如果你不反对……我想照顾孩子们。"

打破旧徽居的沉闷封闭，马墙在阔壁上开了条形窗，那儿像悬挂着一幅活动的风景画。湖水、小岛、竹影，天空正在黯淡。山里的黄昏逼近，身上越来越冷。我知道我脸上的血色正在褪去，不久便会像德懋堂的外墙一样惨白。

我看着马墙，我想抓住他，而我已如云影。我听到自己崩溃的声音,我的身体正在变成碎粒。蒲公英随风飘散。2004年9月20日清晨,守了我一夜的母亲正在打盹,我安静地走向阳台,像鸟那样飞了出去。那天,我二十八岁零两个月。

2011.4.20北京亚运村

墙

"历史的城墙一旦拆除，人们将会在自己的家门口迷路。"顾卫星在仿宋街从东走到西，用没干过粗活的手指摸着明代的墙砖，暗暗地发了这么一句感慨后，又由此展开了许多联想，想到了一个国家和民族，内心不免有点沉重。

他抹去青墙上的灰，将右耳贴过去。小时候，他常这么干。传说能听到皇上与臣子们议政的声音，或者宫女冤魂的呻吟哭泣。那时他没有耐心，除了风擦过墙砖引发的嗡嗡震颤和伙伴们的哄笑，他一无所获。当然那只是一种游戏，此刻的顾卫星是庄重的，仿佛进行某种仪式。他保持某个姿势静静地听着，一开始，他依然只能听见若有若无的嗡嗡震颤，还有那些变得庞大粗壮的树将风碾破摇碎的声音，像奔跑的疾雨，时远时近。片刻，就在某种模糊的间歇中，一阵隐约的喧嚣吵闹飘过来，是一群小孩的叫喊声。他脸上浮荡出一丝微笑，他听出来了，那正是他扮演嘎子，用纸手枪将敌人击毙的游戏高潮。那时他很有威信，每次都演威风的正面角色，想干掉谁就干掉谁。自然，他还听到了和伙伴们玩对拐、打山救火、滚铁环的欢乐。他们打架，争吵，用小刀在墙砖上刻着一些字。然后，他听到了那个卖冰棍的老头儿吆喝着熟悉的声音穿街越巷，五分钱一根的冰棍味儿涌向舌尖，百感交集，顾卫星差点流下眼泪。

他收回身体，仰头望向天空，那里是一片广袤的青砖色，老天很不愉快地阴沉着脸，仿佛也在焦虑不安。

顾卫星知道自己无能为力。童年的游戏已经结束,在现实生活中,不会有人听命于一柄纸枪,被一粒虚拟的子弹击倒。而他也不再威风,他只是一个位卑言轻的小公务员,无外乎做些琐碎杂务,等着评先进、获提拔。他不过是比别人早一点知道这儿要拆,要建什么,工程被哪里承包了,当然还有补偿金的情况。总之,再过一阵,一切都将改变,这一片青砖旧院将被夷为平地,取而代之的是图纸上规划好的商业大街与现代公寓,诱人的广告词早已写好,只待时机成熟,便会在上下班途经的显眼地方招摇,在黄金时段的电视连续剧中定时插播。

一个月前,顾卫星被从建设局抽调出来,参与拆迁工作,首要任务就是去老百姓家做思想动员,扫除拆迁的障碍。他感到这是人生莫大的讽刺,要他亲自去掘走记忆的坟。然而,这同时也是提拔前的考查,工作完成,必然升职。他心情矛盾,有点漫不经心,挨家挨户地走了一遭,结果十分狼狈,不少人一听说是拆迁办的,要么关门,要么翻白眼,要么死活不答话。有天中午,还不幸被一名妇女用笤帚扑了出来——那妇女顾卫星认识,是初中同学郝美的妈,他原本还想谈谈郝美,了解一下她的情况,被轰赶出来后,只能远远地看着嵌过郝美身影的窗口,像二十年前一样。他在太阳下站了很久,回忆郝美的样子,仍记得她麦穗色的皮肤,扎一束漆黑的马尾辫,走路像弹簧。她比所有女生都高,他总能从人群中一眼看见她。嗓子渴得冒烟时,他离开了。天蓝得不像样子,温度一年比一年高,还没到盛夏,便来了酷热的坏天气,坏天气的天空像镜子似的,让人一仰面就能照见自个儿倒霉的脸。如果不是老柳树撑开一片阴凉,他可能中暑倒下,这会儿还在医院躺着。可是,这些不碍事的老柳树,到时也将为历史殉葬,没有人为它们说情。

顾卫星仔细琢磨"依法拆迁，有情操作"这句话的意思，后来明白，其实就是软硬兼施。法和情这两个侠客，在江湖上几乎不曾结伴而行，彼此单干，背道而驰，倒是常常作为武器被使用着。顾卫星的确是带着感情上门的，只是他的感情与工作对立，所以每一次站在住户面前，就好比狗咬刺猬无从下嘴。他没法说服自己，他从内心深处不愿意这儿被拆掉，一个陌生的繁华商业区，远不如熟悉、宁静的旧院更令人惦念，尤其是它盛满了你的岁月生活，变成生命中固有的东西。如果每个人的内心都存有一扇嵌着郝美身影的温馨小窗，人们想做的一定是保护，而不是拆除。

顾卫星十四岁那年离开仿宋街，随父母移居南方。他怀念仿宋街，一直觉得那儿才是他的城，到哪儿都找不到这种妥帖与亲切。他是在某个孤独的深夜，读完《霍乱时期的爱情》，萌生了回仿宋街的念头，于是抛下那段无疾而终的婚姻残骸，抛下南方百般不适的潮湿气候，回来了。一出火车站，立刻闻到空气里熟悉的玉兰花香，杨柳轻拂、青砖黑瓦的旧院使他心情愉悦。枣树上的鸟巢还在，胡同还是那么静谧悠长，穿城而过的运河平静缓慢。他眷恋的城市一如既往地安然静好，像郝美，朴素简单，春意盎然。

然而，他的城也在剧变。人们正在往地底深处刨挖城市的根，彻夜不停地种下石桩，新的楼宇长出来，开出霓虹灯的花；而他，正在成为拆除仿宋街的帮凶，做着拆城毁巷、破坏历史的事情。某个明亮的午后，他从办公室望向窗外，突然感到旧墙上巨大的"拆"字，像一记响亮的耳光打在他的脸上。

一座城市的历史，就是一个民族的历史。顾卫星知道这句话的意思。他同样知道什么是大势所趋。

他走上仿宋街，继续他的工作。他是一个三十四岁的男人，在某种意义上，工作就是一切。

夕阳西下，斜晖铺满了街道。青石板路面散发着宁静的哑光，小青瓦和双坡墙面一副与世无争的安然闲态。几个老头儿围着石桌下象棋，稀薄的烟雾在他们的头顶缭绕。卖茶叶蛋的店铺还在，当年的中年妇女已经变成老太太，她的笑容带着夕阳的温度。小孩子从钉着门牌号的门里跑出来，一溜烟似的，转眼消失不见。

顾卫星看见自己的影子，一个映在墙上，一个跑往远处。

他拐进另一条街。夕阳落在青瓦屋顶，如雪抹青山。

在包子铺门口，有个穿制服的人举着右手挥过来，挥过去。一个面目黧黑的小贩跪在他面前，筐里水果撒了一地。穿制服的人耐心地训斥着小贩，训一句，搧一耳光。他和小贩离得那么近，远远看去非常亲密，像在谈心。那小贩一动不动，只有脑袋随着抽打晃动一下，他仰面看着打他的人，像是在履行一场惯有的仪式。

顾卫星正是在这个时候看见了一个仿佛被夕阳浸染过的姑娘，她梳着漆黑的马尾辫，穿着白色棉质背心、牛仔裤，脚下是白色匡威运动鞋，两条腿弹簧似的穿过马路。

"郝美！"他毫不犹豫地喊了出来。

两人倚靠着白玉雕栏说说笑笑，郝美用手臂缠住一根细柱，姿势和以前一样。河水随着黄昏的加重变得暧昧，风掠过水面泛起了涟漪，鸟儿飞回巢穴，蝙蝠开始在屋檐下盘旋。他们彼此从未忘记仿宋街，几乎在同一时间回到这里，就像上帝的隐秘安排。他离婚单身,她至今未嫁。他记得她比他小两岁。顾卫星说起他远远守望她窗户的那段青涩,原来郝美并非一无所知。于是,他心底沉睡了二十年的种子苏醒了,一股破土而出的力量顶在胸口。

明月出苍山,皎洁云海中。月光将河面镀上银箔,给柳条儿披上朦胧细纱。街市的声音变得遥远和沉静。郝美注视着河水,说它像天上的银河。顾卫星说还是地上的银河好,他们在同一边,而不是隔开。他送她回家,朝她嵌在窗口的身影挥手。

夏天的夜晚就是为恋人准备的。第二天晚上两人又在此见面。月徘徊,影凌乱,他们手牵手。不久,他的手臂替代了她环抱的玉栏。当月亮被柳条儿紧缠,在头顶一动不动,他吻了这个麦穗色皮肤的姑娘。她在美国待了几年,嘴里有股淡淡的奶酪味道。她的吻是西式的,令他觉得陌生与刺激。他接吻就像一个人在用烂泥巴糊墙。她知道他虽有过婚姻,但仍缺乏经验。他们谈论中西方的爱情与婚姻。第三个晚上,她谈到了她的几次爱情。这晚没有月亮,四周一片昏昧,没有一丝风。地底的热无法散发,雕栏上残留白天暴晒的余温。她看不清他的脸,只能靠直觉去判断他的表情。他们像抱着黑夜一样拥抱着,离异、失恋、彷徨、漂泊……导致一种劫后余生般的珍贵感情在他们之间弥漫。

翌日下午,她约他去她家里,他跟她说起她老妈的笤帚,她才知道他现在是拆迁办的小头目,有重任在身。

“说实话,早就该拆了。”郝美知道拆建这回事,还挺高兴,“我一想起以前每天早晨去倒便盆……那简直是一种屈辱。你是干部家庭,住得好,很难体会到那种感觉。我会说服我妈,告诉她什么才是舒服的生活。”她眼睛像两潭深泉,她展颜一笑露出整齐的白牙，仿佛天使展开翅膀，令顾卫星心里甜蜜清凉。她很支持他的工作，看她兴致勃勃的样子，他只好压下心里真实的想法，勉强笑笑。

他随她回家。他有点喜欢这个干净小院。白墙青瓦飞檐，一棵巨大的枣树遮盖了半个天井，暗香流动。

郝美她妈目光警惕。郝美说："妈你别瞪他，他是卫星，给咱家搬过蜂窝煤的。"

这样的开端真不融洽。不过，郝美灵泛，很快就把她妈逗乐了，气氛慢慢自然起来。她妈给顾卫星添了一张圈椅，拎出一个青花大茶壶，倒了几碗冷茶。三个人围着八仙桌坐着，在院里说话。不时有鹅黄的枣花落下来，在地上积了薄薄的一层。正合了那句"闲看庭前花开落"的意境，令顾卫星恍惚身为古人，有几分莫名的感伤。

郝美对这满树枣花并不在意，花开花落习以为常。她喜欢一切新鲜的事物。她唾弃在这烂院里的成长，一直在说美国的好。比如美国人的意识、素质、他们的公共设施、他们的建筑、他们的以人为本。她撅起嘴环顾四周，看着剥落的墙灰、残缺的屋角，以及熟悉的屋子里多次锈坏的水管、经常堵塞的下水道、低矮的窗檐、某个漏雨的屋角……她说："妈呀，你煎熬了这么多年，该住宽敞舒适的新房了。"她接着描述新楼的好处，园林绿化、游泳池、小区广场、老年活动中心，她甚至具体说到了新楼的户型结构和配套设施，北边远眺西山，南向窗前就是垂柳掩映的运河，还有一个足不出户也有阳光照射的大阳台，可以在阳台上养花种草晒太阳。郝美说的和图纸设计一模一样，让顾卫星有点诧异，但这对母女以一种彼此熟悉的方式开始拌嘴，他根本插不上话。

"我又不能把这棵枣树种过去。"她妈淡淡一句话就把郝美顶回去了。

"妈，你不能因为一棵树，而放弃一种生活。"郝美说道。

"对你来说，它只是一棵树。没东西吃的时候，它可是填饱过你的肚子。"

"受不了，又是忆苦思甜大控诉，你对这棵树，比对我好多了。至少，你没让它倒过便盆……"

"它也不用我花钱供它读书，不会要我买这买那。"

她们不伤和气的争执释放着亲情与快乐。院子里幽静清凉。

枣花依旧无声跌落。而此时，顾卫星却听见花儿离枝的瞬间仿佛发出了訇然巨响。那是一种断裂，还有诗意生活的凋零。他站在枣树下，仰面看着它。簌簌衣巾落枣花。这株普通粗糙的树，不遗余力地开出细腻繁花，就像它献给生命的颂词，这颂词只有郝美的母亲能懂。他想也许她母亲是对的，对别人来说，它只是一棵树，而对于她来说，它是一种生活，一种记忆，甚至还有一种具有传承延续的文化况味。她想的是子子孙孙都能看到这棵树，品尝它的果，记下祖先的生活痕迹。

与历史切断，就是与语言切断联系，未来的时代将会变得暗哑。枣花擦过顾卫星的脸，像郝美的秀发拂过，香气四溢，他心底浮起一股诗人的革命激情。

顾卫星失败了。他煞费苦心、引经据典的报告并未能扭转仿宋街的命运。他在报告里写道：思想动员进展不顺，居民百分之九十不愿搬迁，且态度坚决，不少人还拿生命相威胁。这自然是夸大其词，强调难度。顾卫星竭尽所有才华，用优美的词语描述了仿宋街百姓的诗意生活与恬美安宁。他甚至被自己的描写陶醉了，仿佛看到他和郝美所生的孩子在几百年的旧胡同里蹒跚学步，阳光从青瓦旧院的窗口投射到孩子的房间，小鸟在柳树上鸣叫。他写到这里停下了笔，望着浅灰色的城市夜空笑了起来。他从心底里喜欢这座城市，感激它给了他童年、爱情，还有未来。接着，他郑重地谈到文化，当历史积淀与城市建设发生矛盾，应该以尊重历史为前提，比如修地铁遇到古树挡道，不应挖树，而要地铁绕行。他越写越来劲儿，有点儿收不住笔。他列举了日本福冈一桩美丽动人的故事：政府为了拓宽道路，准备放倒一排含苞欲放的樱花树。市民怜花，联合上书请求市长等花谢之后再行砍伐。陈情表是一首小诗：好花堪惜，但希宽限两旬；容得花开，艳此最后一春。市长也是性情中人，同意并回赠诗句：惜花心情，正是大和至性；但愿仁魄长存，柔情永在。这一年的樱花似乎通了人性，在最后一春开得无比壮观，引来人们争相观颂。于是当局改修道路，保留了这排樱花树。写到这儿，顾卫星有股冲动，他真想带他们去看看郝美家的枣花，它真的美得令人柔肠寸断。

天快亮的时候，顾卫星编完了仿宋街的历史典故，写出了整个报告当中的核心句子：从保护历史文物的角度出发，同时尊重居民诗意生活的权利，建议修葺仿宋街，而不是拆除。

顾卫星的报告根本上不了会议桌，它像一条缺氧的活鱼被晾在领导的办公台面，它奄奄一息的样子令他羞愧难当。不多时，他听到同事们诡秘地私语和哧哧的笑声。那天下午他得了一个绰号：堂吉诃德。

像顾卫星这样的白日梦患者，少不了被找去谈话，他被赐予畅谈想法的宝贵的十分钟。这十分钟内，领导一直在批阅文件，嘴里不时"嗯"一声，表情被烟斗和烟雾模糊。最后，那张一直冒烟并且"嗯"个不停的嘴里发出了异样的声音："你要是不太适应目前的工作，我们可以给你调换岗位。"

自然，在领导拿起电话之前，顾卫星迅速表明了自己的态度，他将迎难而上，逐个击破。

这次面谈之后，工作变得严峻而具体，房屋丈量和补偿金核算必须马上进行。顾卫星手里多了尺子和计算器，当他知道原本不合理的补偿金突然又有所降低，感到自己正手持凶器，干着入室抢劫的勾当。

在河边的八角亭里，顾卫星对郝美说到他写的报告。郝美笑了，说他本质上是个诗人，总有些异想天开的幻想。

"人家称你是堂吉诃德，还算好听。拆建不是坏事，人民生活的幸福指数和现代化是紧密相连的。你不觉得，新东西令人神清气爽吗？我在美国……"

"郝美，如果这新东西不是从文化的根上长出来的，它就是个怪物。拿你们家那棵枣树来说，你的祖先种下它，象征着他们的情感与希望，它是你们家族的根。作为晚辈，你有责任保护它……"顾卫星将靠着亭柱的身体移开，坐到郝美身边，"我相信，美国不会这么对待他们的仿宋街，我也能说出这样的例子。"他已经发觉和郝美在这一点上很难达成共识，他有些隐隐的担忧。

郝美笑了，她是自信与自我的。"我忘了跟你说，我回来就是专门参加新城建设的。我不想看到我的亲人、我的朋友还生活在狭窄的破旧街道，在昏暗的光线里缝衣做饭。我当年选择学建筑设计，就包含了我的这个心愿。"

"哦，仿宋街新的设计蓝图果然是你弄的。为了那一片广场，拆除历史老街，舍源求流，不值得。郝美，你能不能修改一下设计方案，救救仿宋街。"

"这是政府的意思，我只是让废墟开花。"她说。

"仿宋街就是历史的花，你是设计师，你可以想办法让它继续开在那儿。"

"唔……连梁思成和林徽因当年都没有办法阻挡牌楼的拆毁，还有八百多年的老城墙，我又怎么能够做到……"

"是你不想罢了。因为你骨子里和他们不一样。北京城墙被拆毁时，梁思成痛心地说过，拆掉一座城楼，就像挖去他的一块肉；剥去一块城砖，就像撕去他的一层皮。而你，是赞同拆旧建新的，你对仿宋街没有感情。你不知道，这种诗意的栖居方式，已经是很珍贵稀少的……"顾卫星从郝美身边站起来，走到亭子边缘，然后转过身，看着她。

"说着诗意和田园的，就是你们这种没住过破房子、没吃过农民苦的人。"郝美起身走掉了。

开始下雨了。空气里有一股被雨水敲散的土腥味儿，树叶明晃晃的，所有的灰尘都停止了飞舞。顾卫星撑着黑伞走在人行道上。雨本来不大，走在柳树下就变得更加零星。他脑子里在想什么事情，差点儿撞到电线杆上。两天没和郝美联系，她也没有找他，他心里有点扛不住了。想起那次去她家搬蜂窝煤，书包也没摘，一阵风似的把活儿干完，两手黑黑的跑了。郝美她母亲还以为他是个哑巴。他记得很清楚，那天郝美穿着麻灰色的裙子，梳着很高的马尾，腿像跳芭蕾的，又长又直。因为打什么赌，他输了，郝美罚他干活儿。郝美的父亲那时候患病去世没多久，她家显得有点凄冷，屋里简陋，室内光线微弱，也没有一件像样的东西，唯有郝美像珍珠一样放光。那时，顾卫星远远地看着镶嵌郝美身影的窗口，他最想做的事情就是像个王子一样，送郝美一座宫殿，还有锦衣玉食。后来，有一段时间，顾卫星发现父母总是面容严肃地低声交谈，只要他出现，谈话便戛然而止。这样的情形持续了两个多月，直到突然举家迁往南方。他曾问及，父母的说法无非是工作需要，服从组织安排。他当时才十四岁，并不知道长辈们缜密的心思，他的惆怅，没多久便淹没在新的环境里。

雨停了，天边一抹彩虹。顾卫星给郝美打电话，没人接，发过去一个信息，大意是他们应该把工作和感情分开。其实他心里知道，这并不是工作的问题。对过去他想保护的那个小女孩儿，现在变成了怜爱。他爱她，他试着去理解她，并且觉得他已经理解她了。她是刻苦的，托福英语考了一百分，如今是海归。她比他强。他在父母强大的羽翼下，反倒碌碌无为，落下这副多愁善感的脾性，也就是前妻说的没出息，只晓得读书，下雨读书，天晴也是读书，"换别人有你这么好的家底，早噌噌噌上去了"。他其实没想过要上到哪儿去，骨子里有些悲观。当初他是想念中文系的，却被父亲逼着学了管理。毕业后也没找着自己，处处束手束脚。后来父母退休，人走茶凉，他自生自灭的人生况味就更明显了。

彩虹消失了，西边一大片火烧云。被雨清洗过的仿宋街，散发暖暖的、温馨的光泽，它并没有因为自己即将来临的厄运而流露愁苦。顾卫星不禁又是一阵难过。他在河边徘徊，他需要积攒勇气才能走进住户家里，扯开他的皮尺，按响他的计算机，像一个真正的公务员那样果断利索。他甚至还可以对他们说："闭嘴，这是政策规定。"

湿漉漉的青瓦亮光闪烁，仿佛正朝他调皮地微笑。某个烟囱里升起一股白色的炊烟，身影袅袅，如女孩的舞蹈。守护着小院高大的树木生机勃勃。他看见了嵌着郝美身影的空窗；

他看见了一个行将消失的古老灵魂；他看见了城墙和虚空；他看见了一种连根拔起的痛，万物正在呻吟。他又去听墙。他心绪太乱，他只能听见自己的血液如海浪舐着礁石。苍茫无际的海面，一无所有。

他就那样被海浪送到了郝美家的院子里。院里没人。他得以静静地打量四周，被雨水冲刷斑驳的墙面，墙根的绿苔很厚，水沟里的积水还在缓慢地寻找出口。枣花快要落尽，他估算着它被砍倒的时候，正是满树好果。

郝美走进院门，看见顾卫星和母亲聊得正好，想笑，没笑出来，只是嘴角动了一下。她摘掉棒球帽，放下装文件的纸袋，自己从青花壶里倒了一杯茶，一口喝干了。皱着眉头问母亲："泡的什么茶，怎么有股野兰花香味儿？"她母亲说："还是原来的茶，只是刚才卫星做实验，加了点枣花进去。"郝美"哦"了一声，揭开壶盖看了一眼，说："今天放枣花，明天就该下毒了吧。"顾卫星一听这语调，知道她没生气了，自己的面色也是暖了起来。她母亲笑着骂了句"这死丫头"，转身进屋烧饭去了。

母亲对顾卫星的态度转变太快，郝美心生纳闷，两手撑着八仙桌沿，削肩和锁骨的线条立刻凸了出来，精致好看。她想知道顾卫星是怎么笼络母亲，并且这么快就哄得她留他吃饭的。顾卫星避开了这个话题，他为那天的事道歉，说她对仿宋街没感情，那只是肤浅的激将法，气她的。但是郝美摇着头，淡淡地说，他没说错，她的确对仿宋街没感情，她讨厌这儿，贫贱的日子没有什么可惦念的。

顾卫星总感觉郝美的自贬中带着隐约的谴责意味，也许二十年前他突然离开、不辞而别的事，在她心里已经打下了结,需要他来解开。可他,连她从美国穿回来的胸罩扣子,都是她教他解的,对于她那无形的心结,他更是无从下手。他觉得至少她应该相信,他是无辜的,他从来没有什么门户之见。是,没错,有一次他们靠得很近,近得能听到她的心跳,感受到她的温度,她的肤色像太阳一样明亮……他体内顿时兵荒马乱,手足无措,他逃开她,跑到一个隐秘的地方大口地喘气。他是被自己陌生的、溃堤般的冲动吓着了。后来谈恋爱、结婚,也没有过如此强烈的体验,甚至说得上寡淡平常。有时候,他恍惚觉得自己在十四岁那年轰轰烈烈地爱过了,有时又更像是一场无迹可寻的梦,从郝美的指尖滑过,枣花一样落在春风里。

顾卫星几乎要仰天长叹了。

无声的沟通似乎比语言更奏效,在枣花香里沉默了一阵之后,两人仿如从泥泞中挣扎着走了出来,同时露出轻盈的笑容。

顾卫星抱了抱郝美,亲了一下她的脸颊,然后,一只手揽着她的肩。是时候说心里话了。

"郝美,你觉得现在还有没有这样的人,不那么计较个人得失,不那么自私……嗯,就是说,有点人文关怀,还操心着穿衣吃饭之外的事,有点儿忧患意识……是那样一种不太小我的人。"他想说"崇高"或者"高尚",但说不出口,于是用一堆话来替代这个意思,结果显得语无伦次。

"我好像不认识这样的傻子,"郝美回答,"除了你。"

顾卫星听了心里一暖,原来郝美明白着呢。他有底了。他让她坐下来,听他把话讲完。"这么说吧,比如,有的人会从另外的角度来看仿宋街的拆除问题,会想想它的历史意义、文化价值。说实话,一个不断进行自我毁灭的城市,只会变得越来越肤浅……想想你在家门口迷路的滋味，想想你被装进陌生的牢笼……"

"这枣花味道是有点特别啊。"郝美喝了一口茶，"没想到，你还是个挺有想法的人。"

"当然，吸取了天地精华的老枣树花，跟你去超市买的不一样。历史的积淀不是花钱就能买得到的……"

"现在的环境污染、食品污染、精神污染……倒真是个问题。"

"……你说得对，而且，闭眼一通乱拆，用不了多久，连良心也会被拆掉……"

夜色幽灵似的，蹑手蹑脚地靠近了围观。周围变得模糊。郝美打开院子里的灯，一片枣花从光影里飞过。郝美微笑着，把纸文件袋搁上八仙桌，从里头拿出一叠图纸，从中抽出一张。"你先看看这个。"

顾卫星将图纸颠来倒去，看不明白。

"呆子，看这儿……"郝美用麦穗色的食指在纸上移动，明亮的指甲上有一轮清晰的白色月牙儿，"我的新方案是这样，广场缩小，挪到东边，仿宋街这一片全部保留，外墙翻新，部分改造……"

"……"顾卫星惊讶地看着郝美，胸口热乎乎的。他发现郝美说这些的时候格外迷人，她鼻若悬胆，睫毛微微颤动，声音像雏鸟一样从她的嘴唇里飞出来，他真想伸手去捉住它，爱抚它柔顺的羽毛，"郝美，我就知道，我没有错看你……"

"这事有难度，你别高兴早了。据我所知，不少居民非常希望拆迁……"

"你妈已经答应出面说服街坊邻居。我觉得，只要大家团结一致，仿宋街是有救的。"

"堂吉诃德。"郝美露齿一笑，天使展翅飞翔。

郝美母亲从窗口伸出脑袋，吩咐摆桌子吃饭。顾卫星本不沾烟酒，突然兴致很好，自告奋勇陪郝美母亲喝花雕。几杯下去，思维开始活跃，血变热，话也多了。他借着这股劲儿，将那些装在瓶子里密封着的崇高和理想之类的东西，统统倒了出来。这位跨着良马、披着浪漫斗篷的堂吉诃德雄心勃勃，令夜晚的小院变得天宽地广。

2011.3.25北京亚运村

白草地

1

二月的早晨，发生了一件蹊跷事，我的眼睛突然变得白多黑少，并且显露凶光。打个比方，当你与一条狗狭路相逢，狗便拿这样的眼神瞄你。我盯着镜子看了片刻，只见两粒小黑豆泡在辽阔浑浊、布满血丝的眼白中，毫无神采。我抿紧嘴垂了头，想着什么缘由突然变成这副被逼急咬人的样子。我脾性虽暴但善于克制和忍耐，平时没有积怨，也没有抑郁症。我活了三十年，算不得坎坷，父母离婚时我还小，他们搞出一些乱七八糟的事情，也不至于影响我的成长。我承认我缺少天资，有各种显而易见的怪僻，但还是考上了大学，马马虎虎地念完，到异乡找到了自由，在工作与失业交替的瞬间，与一个不咸不淡的女人结了婚，她就是我的老婆蓝图。我当然知道她也曾甜酸苦辣有滋有味的，只不过到我这儿便进了不咸不淡的境界。这又何妨呢，说实话，甜腻辛辣我也受不了。她有一副难得的安静脾气，我甚至不能分辨她的满足与未满足，她总是微笑着擦拭身体，套上睡衣，呼吸平稳地进入梦乡，不忘与我手指相扣。从结婚那天起，我就感到已经与她生活了一百年。对于我这样的男人来说，她是无可挑剔的，容貌、素养，操持家务有条不紊，对我的照顾不可谓不周全。

说到她，我总是忍不住要说得详细些，她是丰满的，脸庞圆润，是人们说的那种旺夫相，她睡前吃苹果，早起喝盐水，午间小睡，生活十分规律。她学信息管理，在机关混着。前不久的《南方城市报》上有则意味深长的小新闻，某某局的厕所下水道堵塞，维修人员费了九牛二虎之力，通出一大堆安全套，可见机关清闲也不好过，大家都需要找点乐子。蓝图的乐子是经营淘宝网上的服装店铺，她很快赢得了五钻级别的好声誉。当然，生活中她也是个有信誉的女人，比如，遵守我的规定，不再与从前的男友联络，不和男人单独吃饭喝咖啡等等。

至于我，在外企做了三年的Sales，每天要打七八个小时的电话，憋尿，忍渴，寻寻觅觅，为得到一张订单磨破嘴皮，有时两只耳朵都被话筒堵住，下了班脑海里苍蝇嗡嗡乱飞。不过我真是生不逢时，房价一路飙升，每平方米两万五，首期要三成，少说也得三四十万，每月还贷加本金要付七八千，入不敷出。当房奴无望，沦为租客，还欠着蓝图的婚戒和婚纱。黄金白银买得起，但蓝图要钻戒，多少克拉不计较，非要有一粒夜里都闪光的石子儿，如果我不想让她等，就得拿把玩具枪去抢银行。我没有时间拍婚纱照，片刻都没有，我出门时蓝图没醒，回来时她又睡着了，基本上忘了夫妻间的那点事儿。资本家不管你的死活，更不管你的性生活，新婚没假，奔丧不批，你只是他们的牲口、他们的狗。你得每天转动，每天守着电话，不管是逼良为娼，还是明争暗抢，弄到订单赚到美金，你就是骨干，你就是人才。你被提拔了，公司会表现仁慈的一面，请你携家眷去国外度假。我也梦想带蓝图去欧洲去美国，盼了几年，老夫老妻了，大门没出，远门没涉，婚纱戒指蓝图也没再提过，我想是无所谓了吧。

望着占了半壁墙面的镜子，饶是我从容镇定，仍有一种从未体验过的绝望扑过来，那是怎样恐怖的眼神啊，随时要癫狂发作的。我慢慢想起昨晚的事，我请福斯公司的采购——我们通常说buyer——多丽吃饭，她的英文名是Donna，在这里我想叫她多丽。多丽带了自己珍藏的茅台，酒过三巡，她甩出一句埋藏心底的话，说我的眼睛令人柔肠寸断。她的意思我早就明白，只是佯装不知，这类暧昧的暗示我遭遇不少，尤其是四十上下的女人。我知道多丽还是一位诗人，在福斯公司的内部刊物上歌颂过祖国，也为爱情伤感，她对我母性大发，是一件平常不过的事情。不过时至今日，我与她之间的交情，已经不需她母性荡漾了。我一次喝得胃出血，一次酒精中毒，两次住院之后，我们建立了牢稳的伙伴关系，算得上哥们儿。别那么不屑地看我，我也憎恶酗酒的德性，发誓戒了这祸水，但干了sales这行，也算半个公关，难道学魏晋文人雅士扪虱清谈？甭说我狗嘴吐不出象牙了，就福斯公司的小姐先生，明摆着也是酒肉之徒，全是现实主义流派，八九不离礼品红包回扣的主题，连这点都看不明白，就别谈什么销售艺术了。并且还要豁出一条贱命，死乞白赖、嘴上抹蜜、当乌龟扮王八将对方衬托得尊贵体面，尽管得到的只是福斯公司从牙缝里挤出来的小订单，那真他妈的就像是一个性感美女只是远远地向你抛了一个媚眼，对于饥饿的胃部或者真诚的性欲来说都是无济于事，可仍能让人上下激荡一阵子的。尤其是面对全球金融危机、经济大衰退的2008年，倒闭、裁员、治安混乱、人心惶惶的现状，当你一天看了十八个小时的电脑、寻料、跟单、回邮件、写申请、填表格，满脑子数据型号，白忙一天累得像条死狗，猛然获得一个美女的媚眼——纵然她在千里之外，你就没法不感谢一条牙缝了，它代表着无穷的希望。

平时我酒性上来就想听玛雅的声音。玛雅是个五官精致的小脸娘儿们，带点重庆的香辣味儿，说来话长，迟些再表。

眼下我必得先仔细梳理昨夜的事情。唔，茅台酒，多丽带来的，味道实在特别，虽一闻便知酒假，不过入口不错，余味香醇。显而易见，做假的人下了诚实的功夫。多丽殷勤劝酒，双目有神，我说的就是她的牙缝，我直觉她是吊着我的，她在一张一百K的大单后面放了一根长线。女人的矜持，有时是装屄，有时是千真万确，但具体到多丽，就有点含混不清了。这晚我同样不拂她的意思，反正喝高了就是废人，浑身软塌。不过我醉得蹊跷，没有经过熟悉的步骤变化，我没给玛雅打电话，径直就倒了。睁眼时人在酒店客房里，多丽抓着我半解的皮带，裸着平坦的胸脯，疤痕闪亮，你可以将之看做一张闪亮的百K订货单，只消伸手深情地抚摸，手指头便能感觉到美钞上面本杰明·弗兰克林凸起的五官。不幸，我被那比镁光灯还耀眼的伤疤刺痛了眼睛，脑海里一团糨糊，我流着带有谴责意味的冷汗，失魂落魄地逃了。兴许是手脚并用，半截皮带拖在地上，皮带扣与水泥地面擦出刺耳的声音。多丽某次慨叹人生时曾有所暗示，我从未意识到她丢了乳房。天呀！我与她那双宝贝素未谋面，也免不了很有人情味地替某几位与之有瓜葛的男人惋惜，想到生活索要你的青春，也要你的乳房，到最后都是连人带毛打包塞进火葬场里烧窑，真是沮丧。

一半为多丽，一半为美金，我的心软得一塌糊涂，受伤的眼睛一直淌泪，半路上踅回去时，多丽已经走了。该死的，她一定伤心坏了。不，我比她更伤心，从乔治·华盛顿到本杰明·弗兰克林，所有在美元上露脸的都该为我哀哭，月底在望，我的业绩线还是一条被打晕的水蛇。我现在手中空空如也。啊！多丽，无论如何，我真该在你订单般平整的胸前逗留片刻，即便是为了感谢你牙缝里源源不断的食物。我无比愧疚地在路边的烧烤摊上灌起了啤酒，赎罪似的往胃里塞了一通乱七八糟的东西，脚下竹签一堆，时间是凌晨一点多。风凉飕飕的，马路上一点都不清淡，出门过夜生活的，过完夜生活回去的，走路的，开车的，打的士的，路灯睡眼惺忪，飞虫在周围飞着取暖。

嘿，可怜的小虫儿，情愿为了那一点微光与温暖累死，我回家躺下了还想着它们的伟大。后来胃里火辣辣的，拉稀九次，直到拉得东方发白、两腿发虚。躺下两分钟闹钟响了，我起床洗脸刷牙刮胡子坐公交转地铁，要准点到达公司，今早亚太地区的总裁从新加坡过来检查工作，还要裁减人员、压缩开支，我们的西装不管料子是毛尼的还是尼龙的，衬衣是黑是白，底裤有没有破洞，全部要以西装革履、业界精英的样子迎接总裁。

我满嘴牙膏泡沫，通货膨胀，失业超强寒流涌现，要是被裁掉，蓝图又把我蹬了，丧家犬的滋味儿可不怎么样。我把毛巾在脸上扫来扫去，吐出舌头往鼻子上方舔。你也看到了，我的动作怪异，像狗，我有点怕自己了。我哆嗦了，手指僵硬，打开电动剃须刀，一阵割草机的声音，胡子三天没推，平时乱草蓬勃的，现在满下颌全是细软的绒毛，这又是什么道理？我惊诧地瞪着自己，两眼低级动物的冷光，恐惧变成愤怒，镜子里的怪物突然向我张臂扑咬过来，我撞到冰冷的镜子跳后一步，将电动剃须刀使劲砸过去，镜子"咣当"垮得干干净净，一只幼小的蟑螂张皇失措。

我的老婆蓝图轻手轻脚地过来了，片刻间将镜片清理干净，轻声轻语地说改天去宜家买个带木框的，便继续煮早餐去了。咳！她也不问我为什么发脾气砸镜子，我真想叫她看看，我是否像条狗，但她没什么好奇心，这很伤脑筋。

2

打开衣柜,樟脑丸子呛得我直打喷嚏,费了一阵才找到玛雅送我的红色LOUIS VUITTON领带。喝粥时我问蓝图:你把领带洗坏了吧?蓝图说:我没洗过。我说:怎么又旧又暗,好像掉色了。蓝图说:没有,它跟你从商店买回来一样新,这种A货高仿品,质量也不差。我低头瞅了领带一眼,体内有玛雅作怪,不好多说,便夸蓝图身上的白毛衣很衬皮肤。蓝图说她穿的是绿的。我笑着抹干净嘴巴。我们之间的对话原本都是心不在焉,受蓝图的影响,我也不太寻根问底,我换上Pakerson皮鞋,玛雅说这是意大利托斯卡纳区贵族们的至爱,她用无比的热情打扮我,我只得绞尽脑汁向蓝图解释每一件物品的来源,幸好蓝图不是那种猜忌的小女人。不出意外的话,今天午间要和玛雅会面纠缠一阵。我迈出大门心头荡漾,蓝图叫住我,递上一杯盐水,说:你忘了喝了。我在门槛外头喝完它,一时间羞愧交加,但是没多久,玛雅便冲淡了这些。

很奇怪,地铁上的广告都使用了怀旧色彩,男男女女的衣着非黑即白,以前那种花花绿绿的景象不见了,这个世界似乎在进行一种集体悼念。我嗅着香皂、皮革、小笼包、体味以及狐臭混合的味道,突然间觉得视线像广角镜头一样辽阔。我悬在拉环上,把裁员的担忧撇开,忍不住要说说我的玛雅了。算起来这还是多丽的功劳,本来像我这行的人,认识文化圈美女的概率实在太低。也是巧合,有回我请多丽K歌,她带来一个低胸细腰、屁股被牛仔裤裹得浑圆玲珑的小脸美女,抽烟喝酒语出惊人,我头一回知道世界上除了两腿紧夹的小家碧玉，还有这样的坦荡直白、欲望张扬的姑娘存在。她坐下来望我一眼，就说我昧着良心长了一双水灵柔软的黑眼睛，其实一肚子坏水。起先我犹如被打了一闷棍，但很快就适应并喜欢上这个叫做玛雅的伶俐姑娘。她是一本女权味道很重的刊物主编，可惜我没空翻杂志，有时候想想居然有时间把蓝图骗到手都会感到惊讶。

　　玛雅和适量的酒一样令人神志清醒、心情愉快。我压根儿没想过玛雅会对我有意思，后来她把多丽撇下，约我到了0755酒吧，而我对蓝图谎称应酬客户，与玛雅对吹完一打德国黑啤，去了玛雅的佳兆公寓，有一瞬间我觉得自己像只免费的鸭子，但在和玛雅的互动中感受到平等与销魂。玛雅说，她也是因为我的眼睛，对我产生了强烈的哺乳冲动，疼上了我。她很诧异，在一个物欲横流的城市里，还会有这么纯净清澈柔和的眼睛，而且漆黑明亮。玛雅的几句话把我夸得心花怒放。可后来她又拍拍我的背说：我看上你，纯粹因为你是圈外人，我厌倦圈子里的乌烟瘴气。我明白玛雅的虚实，聪明的猫总是排泄完毕就用沙子掩盖秽物，这种习惯并非出于自尊，我想一定是受过同类严重的伤害。

　　我无法说清楚自己和玛雅的关系，有一段时间，玛雅为了我打算做个两腿紧夹的小家碧玉，她说这是男人想当好男人时顶喜欢的类型，不风骚，举手投足良性十足；没脾气，性子比高贵动物的皮毛顺，比千年的水藻柔，比墙砖上的绿毛软。于是她先正视听，不看露体的电影，不听淫靡的声音，《红楼梦》只读删节版，朝《金瓶梅》唾口水，骂《肉蒲团》是垃圾，坚决不承认这些放荡的文本算得上艺术。她说服饰，谈娱乐，聊失去童贞之前的生活，但就是不谈性，更不提一夜几次、敏感地带、房中术的学问与扯淡……玛雅要做矜持、内秀、明眸皓齿的良家女，口谈正言，身行正事，也就装了那么几回就累垮了，她无法将自己劈成两半。坦白说，我喜欢真实的玛雅，没心没肺地抽烟，三杯酒下肚脸起红晕，嚷着要唱歌，"忘掉那痛苦忘掉那地方，我们一起启程去流浪"，将《张三的歌》唱成了天真的童谣。我喜欢的马雅淫而不荡，天真而不幼稚，表面柔弱骨子里强硬，开得起玩笑，拉下脸来绝对无情无义。

玛雅是最真实的，她的生活里没有为订单装腔作势的时候。其实玛雅最大的特点在于不俗，她不会闹着你给她名分，她甚至害怕你缠上她。倒是我偶尔觉得离不开她，或许我真的是一肚子坏水，根本不是蓝图塑造出来的好男人。有一次和玛雅事毕，体内气氛有点伤感，我几乎是带着怨恨和玛雅聊到蓝图和她的淘宝店，对蓝图那种不咸不淡的作风深感不满。事后想来，我的表现就像没有吃到糖果的孩子，于是屡次遭到玛雅的嘲笑。

我提前十分钟踏进公司，男同事们和我一样个个人模狗样，其中有个sales全身里外都是Burberry，这个酷爱A货的杂种名叫Alex。顺便提一下，我们这种外资公司统一使用英文名，"武仲冬"一进公司就消失了，我成了同行业无数个Jason当中的一个，偶尔恍惚觉得自己是个可爱的金发小伙儿。我也不知道Alex的中文名，这个来自北京的小个儿自称吐血买了正牌，十分骄傲地迎接各种检测的摸捏。我们这拨摸惯了电子产品的手，对服装很不敏感，摸来摸去兴味索然。在弄出究竟之前，我们选择了放弃，裁员的事很快压了上来，我们提前五分钟拥进会议室，但见亚太区总裁早已恭候，白衬衫银灰领带深蓝西服，表情威慑，一望即知不同凡响。我左侧的Alex不太自信了，很不规矩地把脚从皮鞋里解放出来，异臭冲散了他身上的香水味儿。我踢了他一脚，低声说：那条欢迎总裁的横幅应该用红底白字，来点中国式的喜庆。

他瞪着我说：你丫色盲了？找抽吧！

Alex的话我并不在意，我说：这有点像开追悼会，瞧小姐们，大老板一来，个个小家碧玉两腿紧夹。

Alex骂我"南京瘪三"。我说：操你大爷的。我和Alex的交情就是建立于互相辱骂的基础上，平时对客户低声下气得实在压抑，这种放肆与粗痞的行为使我们的精神得到极大的放松与满足。有时在餐馆吃饭，我们故意刁难服务员，抓住他们怕被投诉的心理，把他们弄得跑上跑下，面红耳赤。

Alex和我越骂越难听，稀奇古怪不堪入耳，这里就不再记录，因为会议正式开始了。

分公司经理伪海龟Eric主持会议，我们对总裁的到来热烈鼓掌。会议五分钟后便进入主题，关于人事变动，原部门经理将调往上海，新经理将于包括我在内的二十五位职员中诞生，近几年的综合表现与业绩是重要参考指标，会场气氛一片肃穆，我嗅到一种隐秘的亢奋，知道每个人都在心里打算盘。我这个月的业绩还差一截，不被裁员就是喜讯，于是想了想谁有被提拔的可能。

紧接着，意想不到的事情发生了，在我旁边一直大腿抽筋一样抖动的Alex，突然被点名宣布开除。原来这个聪明的杂种竟然在澳大利亚合伙注册了电子公司，狂炒私单手脚严密，后来听说他东窗事发只因前女友的举报。Alex被勒令当即收拾东西走人。炒私单是所有Sales的梦想，我相信那一刻他是我们全体Sales的偶像，并且大家深信他身上的Burberry绝对是正牌，尽管他不久将会因为泄露商业机密成为公司的被告。谁也没听肤白发黑的女秘书宣读的业绩排行榜，总裁来之前我们已经有所了解，每个人都有自知之明，是福不是祸，是祸躲不过，这个行业就是这样。突然被炒，突然离职，铁打的公司流水的员工，只盼着刀子利索一点，裁谁不裁谁快点水落石出。

那么，关于Jason——伪海龟Eric牙口齐整地说。我的心弹了一下，他并没有直接宣布什么，而是概述我进公司三年以来的情况，仿佛诵读什么吊唁的千古奇文。我不耐烦了，天呀！像个啰嗦的娘儿们，伪海龟到底要说什么，要杀要剐直截了当吧！我满面谦卑，嗓子里却发出呜呜的声音。

3

通常，在玛雅肉红色纱质窗帘的性感氛围中，我的性趣很浓。玛雅的酒柜里不缺好酒，二十年前的茅台、三十年前的五粮液，还有活灵魂的正牌红酒，嗅一下便产生爱情的幻觉。几杯进肚，体内五湖四海，爱情泛滥，想着怎么和玛雅天长地久。我是个混蛋。玛雅把1988年的柏马仕倒进玻璃容器，说这种酒要醒一个小时。她看得出我心花怒放，并断定不是因为她。不过她仍旧高兴地骂我有职业病，活着的唯一乐趣就是接订单，心里只有美金。我把玛雅抱起来，红酒的香味很迷人，我隐瞒了自己差点被裁员的真实情况，表现出很受上头赏识的样子，在女人面前，这点面子是要争的。我向玛雅描述了上午那个惊心动魄的会议，事实是，伪海龟Eric正要宣布裁我时，多丽的电话打到公司，一笔六十K的订单挽救了我，亚太区总裁和伪海龟Eric低头咬了几句耳朵，一切峰回路转，我当即被安排全面接手福斯公司这个拥有十万员工的大客户。

福斯公司被业内称为财神,多丽只是其中一个部门的主管,头一回遇到天上掉馅饼的事,除了高兴得屁滚尿流迎难而上之外,我实在无话可说。如果我告诉你接手福斯公司的难度与麻烦,你同样会情愿和那些小客户做生意,这实际是公司踢你出局的一种手段,做得好,皆大欢喜;做不成,那几个栽了的哥们儿就是前车之鉴。

我说:玛雅,我必须请多丽去钱柜寻欢,那里的少爷年轻英俊、强壮温柔,很会侍候人,多丽实该享受这样的犒劳。玛雅笑道:依我对多丽的了解,她会选有老婆管着的,圈养的干净,用得放心。玛雅喜欢拿话刺人,我对她总有理亏的心虚感,尽管她是自由的,我毕竟占用她待字闺中的美好青春,又没有金钱作弥补,倒是玛雅隔三岔五要给我买这买那,她对我产生的哺乳冲动会延续多久呢?

我把玛雅的身体端到沙发上,转身上洗手间,对着镜子照了照,眼睛仍是白多黑少地透着凶光。我感到胸口疼,怀着难以言说的痛苦回到玛雅身边,玛雅那合身段的白色睡衣有点飘渺。我重新抱住她。我说:玛雅你是天使,这儿是天堂。我淫笑着摸了玛雅两圈,上下嗅她,脸抵着她雪白的脖颈,使劲蹭她,伸出滑腻的舌头舔来舔去。玛雅哼哼唧唧。我大为惊讶的是,我所做的仅止于此,我体内只有可耻的安宁祥和,从前那股热烈的激情已转化为对玛雅相依为命的亲切与信赖,我想我他妈的是不是废了。

玛雅说:你最近不发情,是有原因的,没关系,也不是非做不可——真爱等于爱情减性。哈,这是谁说的,太扯淡了。但不久我发现玛雅的眼里闪着泪花,眼泪光顾玛雅的生活,这可是件新鲜事,我吓了一跳,饶是我对付女人训练有素,这会儿也是束手无策,因为玛雅和别的女人完全不同。是的,最近几回我都不能进入玛雅，这对玛雅或所有漂亮女人而言都是一种耻辱。我渴望见玛雅，却没有宽衣解带的欲望，只是嗅她，蹭她，为她削水果煮咖啡，天知道我怎么了。

我怀着内疚屈膝蹲着，双掌前撑身体前倾，静静地看着玛雅，等着她哭出来或者向我倾诉她内心无尽的孤独。谁说不是，即便是伪海龟Eric，有一回在公司中秋联欢晚宴上也克制不住与妻子两地分居的孤独，这个爱耸肩的伪海龟勾着我的肩膀喊苦叫累。平均一个月回一趟成都，那种小别胜新婚的舒坦更是把剩余的大把寂寞光阴衬得不像是人过的，所以伪海龟偶尔也会在娱乐场所失身，次日怀着无比的罪恶感给老婆寄去名牌手袋或者内衣。他老婆喜欢成都的安逸，死活不愿随Eric到这个城市里来。在我看来，他们的情况已经岌岌可危，当然伪海龟的生活不关我事，想到他有些不近人情的做法我还咬牙切齿地恨不得把他的老婆搞上床。我在乎的是玛雅，如果我有点责任心的话，真该好好替她想想。玛雅的父亲死后，母亲嫁了人，生了一个男孩儿，他们能记起她的时间少之又少。我这个混蛋，只是和她睡来睡去，仿佛爱着她，什么也给不了她，什么也拿不出来。玛雅有十分的条件傍个款爷，但仅仅因为我昧着良心长着一双婴儿般的黑眼睛，她就跟了我，真是个古怪娘儿们。我多希望自己一肚子坏水，上床下床见面分手行云流水无牵无碍的，也能一口吞下多丽那条残缺的肥鱼。

啊，玛雅，这时候我的心软得扎人，你说话吧，我什么都答应你，玛雅。

一定是我的样子太过滑稽，玛雅望着我突然笑起来，说道：武仲冬，你这姿势，像麦克斯，知道我说什么吧，《南极大冒险》里头调皮使坏的雪橇狗麦克斯，顶让人心疼的。咳，来尝尝好酒。她很讲究地倒了两杯，晃着杯里的红酒，武仲冬，你要是对我没兴趣了，直说，不必勉强，我十分理解。本来嘛，人之常情，大家都有机会再碰到合意的。玛雅在特高兴或特严肃两种状态下会连名带姓地喊我，显然此时属于后种情况，我得全力以赴。

红酒像墨水，头一次觉得难喝，我一口灌了进去。

我说：玛雅，我爱你。

红酒要慢慢品，酒里含有维他命……

玛雅，给我提要求，为什么不提呢？你提吧，你想我离婚吗？

……葡萄糖和蛋白质，《本草纲目》里说它暖肾养颜，——你说什么，武仲冬，离婚？喊，你可别吓我。

那么你，玛雅，你从来没想过要嫁给我？你总是这么不在乎吗？

武仲冬，Jason，别忘了你是已婚男人。

玛雅的话把我堵得喉咙发胀，我多么希望玛雅要死要活地要和我结婚，眼泪哗哗地淌，施展一身的千娇百媚把我这个已婚男人拉下马来，让我确信她爱我，我于她心目中有不容置疑的分量。是的，玛雅提醒了我，我是个已婚男人，正因为如此，来吧玛雅，像个普通女人那样撒娇耍赖任性地索取你该得到的东西吧，即便武仲冬从来没有鱼死网破的勇气，也没有鱼死网破的爱情，生活他妈的就是一潭死水。你行的，玛雅，你能掀起惊涛骇浪的，来吧，逼迫我，用你的乳沟要挟我，用你的细腰恐吓我……玛雅，你知不知道，你这种无所谓的表现和蓝图的不咸不淡毫无区别。我不得不承认，你看透了我，我的确胆小怕事怕折腾，为一点偷鸡摸狗的事差点崩溃。

我一句话也说不出来，喉咙里呜呜地，像要吠出声来。酒一杯杯兴味索然地喝下去，从酒味儿里捕捉玛雅的气息，暗地里嗅着熟悉迷人的一辈子难以忘记的气味。啊，玛雅，让我们结束吧！让我离开你，让我结束我对你无耻的占有。

我默默地望着玛雅，是的，就像麦克斯望着直升机飞离地面消失在雪雾之中，我是一条被扔在南极的狗。

我趴在沙发上，额头抵着玛雅的大腿，相当伤感。

玛雅开始没心没肺地抽烟，精致的小脸于烟雾中忽隐忽现。咳，好了，武仲冬，这类无聊的话以后别再说了，你那种只为财死见钱眼开的劲头，应该更彻底一点。比如对待多丽这类母财神，一旦母财神动了芳心，你一定要不怕亵渎胆大包天地把她弄成凡间女人，她会像七仙女帮董永，不惜一切。哈，我了解多丽，不小心就在一棵树上吊个半死，三十六七岁了，爱情观还是处女。玛雅没心没肺地说着，伸出胳膊与我比了比，说，你瘦了，胳膊像女人一样。呀，胡子又细又软，喉结都平了，你不会变成女人吧？……武仲冬，睡着了吗？哎，该回公司了。

在这种情境下打盹很不应该，但连续的工作与应酬，夜里头又睡得浅，我实在太困了，尤其是当玛雅长篇大论的时候，我感到一切都在往下沉坠。我梦见领了薪水和提成，给蓝图买了一只巨大的钻戒，那钻戒闪闪发光，而玛雅光着双脚望着我，眼里头的泪花闪着钻戒的光芒。后来我总是想送玛雅一双里面铺着羊绒的皮靴，我时常在餐馆附近的商场溜达，寻思着找机会带玛雅逛街试鞋——说来你不信，我压根儿没这胆量，但我从这种行为中获得慰藉，对玛雅的歉疚慢慢地淡了下来。

4

我回公司时玛雅把一盒Dior内裤塞给我，她说穿平角裤有益于精子活跃，她未免也太操心了。我把内裤放在公司抽屉里藏了一个星期，趁一个合适的时机带回了家。其实这种事情已经不是问题，我只是为了保险起见，你知道我是个谨慎的人。我原想直接将内裤塞进衣柜，但为了显得坦荡，便厚起脸皮向蓝图炫耀，一是眼光，二是捡了便宜货。蓝图的态度不咸不淡，她认为这是不错的A货，不过颜色艳了一点，这些货她的淘宝店里也有，有时间叫我和她一起上网挑挑。蓝图最后一句是征求意见的语气，我在她背后点头，蓝图那种毫无争议的信任，使我的心里升起一股不祥。

婚前蓝图是个小气鬼，爱盘根问底，路上的美女多看一眼，就对我又拧又掐，嘴里还恶狠狠地警告。才几年光景，她就丧失了一切好奇心，更没有翻背包、查短信的恶习，虽说两个人相濡以沫，口角抵牾日渐稀少，天下太平了，我有时倒是盼着和她吵吵，我希望她追究这盒短裤的来历，像一个怕失去老公的女人那样把事情查得一清二楚。细想起来，对蓝图，我曾是很动心的。最近的夜里我总是醒着，看着黑暗中的蓝图，她有点老了，脖子上一圈一圈十分明显，她也不在意，一个不怕老的女人，心态平静得可怕。大约从我与玛雅处上以后，我和蓝图就不怎么过夫妻生活，我的晨勃也消失了，后来连与玛雅在一起也无能为力。蓝图也不是欲望强盛的女人，晚上偶尔嗅她、蹭她两下，她只是安静地配合，从没有其他要求。以前我们为这个吵过，蓝图很看重的，她曾把性列为婚姻的标杆。不过，很多事突然就这样了，你找不到那个明确的拐点。无论晚间是否快活，早晨的蓝图总是很好心情地给我一杯盐水，而她做的早餐，无论丰俭，都合乎我的口味。我时而觉得这种生活很难到头，时而劝自己生活就是这样。即便是和玛雅过上了，也不会精彩到哪里去，兴许更糟。玛雅在家务方面是个弱智，清洁卫生包给钟点工，吃饭有馆子，行有车，食有鱼，狐朋狗友一大堆，那不是过日子。当然，我知道玛雅不会和我过，我随口说说，请别笑我自取其辱。我已经没什么胃口了，只迷恋带肉的骨头，在嘴里嚼来咬去，发出嘎嘣嘎嘣的声响，因为怕别人听见，我总是坐在角落的位子，头顶上的电视机是嘈杂的，那是很好的掩护。在家里，我把骨头藏好，夜里爬起来，偷偷啃上一阵。有时忘记洗手，蓝图闻到异味也只是嘟囔两声，我说过她没什么好奇心，她只是翻个身以便睡得更好。我的身体的确瘦下来了，像玛雅说的那样，骨骼似乎也缩小了，这个我倒是不在乎，大块头大胃口是一种累赘，瘦下来我感到很舒服。

我想不出是什么原因使我控制不住自己像狗那样行动。以前也喝过假酒，除了次日头痛头晕之外，并没有异常的表现，现在连小区里一向友善的狗也对我狂吠不止，完全是见到同类所表现的亢奋或者挑衅，它们企图挣断绳子扑向我，在主人温柔的呵斥下讪讪地罢手，三步一回头，目光凶恶。有条来历不明的黑狗每天一路嗅着跟随我上班下班。有一次，我停下来瞪着它，它不躲闪，竟然笑着摆起了尾巴，嘴角的垂涎一直拖到地上。

我抬起一条腿对着树干撒尿，一定是肾虚得厉害，不足五百米的距离一路尿了八次。话又说回来，做Sales没有肾不虚的，热的冻的肥的瘦的白酒洋酒红酒啤酒，只盯着订单谁也顾不上肾脏。为了生存，我们必须牺牲某类器官，吸烟牺牲肺，喝酒牺牲心，妓女牺牲生殖器，患乳腺癌的多丽为了活命不得不切除乳房。啊！尊敬的多丽，你没有乳房，这毫不影响你胸怀宽广的光辉形象。如果不是你，这会儿我一定正疯狂给51job投求职简历，把自己镀一身金光，在失业寒流的大好形势下，骗取面试的良机，别不信我说我是海龟，地道的美式英语几乎无人识破。啊！多丽，失业不可怕，但被炒太不光彩，我爱这行业，如果我仍当sales在圈内混，这样的历史污点实在令形象大打折扣。

今晚，我要把对多丽的感激付诸行动，我打算订下钱柜的大包间，约多丽，叫上她所有的狐朋狗友来疯狂，不醉不归。我到免税商场给她挑了一条价值不菲的水晶珠链，到COCO PARK打了一个漂亮的包装。手脚麻利的服务小姐夸我出手大方，买这么贵重的礼物定是送给最爱的女朋友。我含糊地笑笑，走到街上心情出奇的好起来，我想，如果多丽有需要，我适当地献出一点温情也未尝不可。她其实顶年轻的，皮肤好，有弹性，两腿很直，五官也不错，有点媚，就是性子粗心思不够细腻，不过这也不算缺点……我尽量将多丽想成一个迷人的娘儿们，无论如何，我绝对不会像上次那样很不人道地抛下她，不管多丽计不计较，我都做好了被她蹂躏的准备。

我比约定的时间早到二十分钟，吩咐服务生把洋酒调好，加了冰块，我事先和钱柜经理打过招呼，说自己要带一瓶洋酒，酒是玛雅赞助的，她很有兴趣看我和多丽的发展进度，不介意推波助澜。

水果盘先上了，樱桃、西瓜、小西红柿全是暗黑的，我不再感到吃惊，我在灰暗的色彩里心绪平和。包间很大，我孤零零地占着一小块地方等待多丽和她疯狂的女友们，不躁动不矛盾不犹豫不彷徨，放下玛雅便不再是陷了蹄子的驴。我平静得像个白痴，软在豪华的包间沙发里，大屏幕无声的画面与歌曲一首接一首，服务生进来又退出，不知多少首曲子之后，多丽来了，身后并无人大呼小叫，她像片树叶飘进来，落在我旁边，一身很重的药水味儿。我什么也没问，她什么也没说，只把服务员请出去，先干了三杯。我点了她喜欢唱的歌，把音量调大，她抓起麦克风，吼了一曲《青藏高原》。多丽平时唱这歌十分拿手，这次却有几回破嗓音，最后一句干脆唱跑了。

时间和酒一起慢慢地下去了，多丽的脸红得发光。关于我献水晶珠链以及替多丽戴上脖子的情节就此省略，那里头有虚伪的温情，包括多丽的高兴也是装的。无论如何，我和她之间都是一种交易。但后来的情况不同，因为多丽态度诚恳地谈起了玛雅，并叫我对玛雅保持警惕：她很有问题。

我以为这属于女人之间的嫉妒与争风，没往心里去，更何况我打算离开玛雅。

多丽说：Jason，你可能不太了解玛雅，当年她的丈夫另有女人，闹得厉害，不久那个女人很蹊跷地死了，玛雅在精神病院住了大半年。其实，她并不是什么主编，她不喜欢工作，前夫给她的钱花不完。据我所知，玛雅恨男人，她的女权就是这么来的……她只想搞破坏，不想得到任何东西，我知道她让几个已婚男人吃尽了苦头。她有很多名字，青萝、冰倩、美心，呵，到你这儿就成了玛雅，你明白我的意思吧？沾上她的男人没有不遍体鳞伤的。呵，你怎么样？

我张开嘴，舌头伸出来长得吓人，连忙缩了回去，说道：她没对我怎么样。多丽说玛雅做事情很有技巧，这时候想退出恐怕迟了。我感到包间里光线阴森，脊背上起了一股寒意，闷头喝了几杯，想象不出玛雅的坏。但我相信多丽，我欠她的并非一条水晶珠链可以偿还，我真诚地希望能弥补上回的缺口。不过很遗憾，多丽没有和我睡觉的意思，她比老修女还正经，我不得不替蓝图感到安慰，内心对多丽无比地崇敬，她是个高尚的女人。但转瞬，多丽的高尚便一钱不值。她告诉我，她已经从福斯公司离职，我的魂都被惊跑了，眼前一片漆黑。啊，多丽，你高不高尚无关紧要，假如你留在福斯公司，哪怕你是条卑鄙淫贱的母狗，我也能和你保持融洽的友谊。我心里想着多丽拥有的资源，对她离职的事惋惜伤感，简直是痛心疾首。很违心地说：无论如何咱们都是好朋友，一定保持联络，有空就约吃饭唱歌。

多丽模糊地笑了笑，意味深长地说：你虽然做了Sales，但仍是个好人。

最后多丽争先买了单，这又加重了我心里头的负罪感。本想送多丽一程，但她有自己的MINI COOPER。看着多丽在黑夜里消失得一干二净，我没想这竟是一次死别。不久后多丽死于癌症扩散，我才知道她离职的原因，听说是她自己放弃治疗，迫不及待地到阴间与她的双乳团聚去了。不知怎么，我总觉得多丽的死与自己有关，具体点说，与我那一次弃她而去有直接的联系。

5

我倒了大霉，接手福斯公司这个客户后，业绩始终为零。连请吃饭都约不到Buyer，这些小娘儿们接二连三地休假，小伙子也矜持得无懈可击，好不容易约到两个又临阵变卦，弄得人焦头烂额。我像个小黑球在占地千亩的福斯公司滚来滚去，名片发出一摞又一摞，才略微和两个小部门的小Buyer扯上几句笑谈。你一定会同情我，我只不过是每天和他们扯淡的无数Sales当中的一个，过两天再给他们电话，他们便问我是哪一个Jason，我只得向他们描述我高个白净斯文的样貌特征，同时悲哀地发现，我那种令人过目不忘的时代过去了，多丽的死带给我前所未有的损失。

公司里有些幸灾乐祸的杂种偷着乐，尤其是细嫩的小娘儿们，我这三十出头的已婚男人在她们眼里完全是个作废的老家伙，我不得不承认这是她们的天下，这种现货买卖的确只适合小年轻拼打，我越来越跟不上它的节奏。我身体的变化加速，背也弓了，十个手指头悬空时也像打键盘那样抽筋，虽然脑海里储存了上千种电子产品的型号与价格，但也于事无补。我做好知难而退的准备，打算主动向伪海龟Eric提出辞职，保全脸面，所以当伪海龟把我叫到办公室时，我先下手为强，立即递交了辞呈。

伪海龟吃惊地看着我，我很镇定地微笑，表示这是深思熟虑的行为。但伪海龟也让我大吃了一惊，他说：公司本来在商量你的发展问题，下半年将在长沙设立分公司，考虑到你经验丰富，原本打算任命你为分公司经理，全面负责长沙的工作。不等我说话，伪海龟深表遗憾地摊开双手耸耸肩，这是他的经典表情，他还很负责任地嘴角下扯配合耸肩动作，这一切完成之后，他大方地给我斟了一杯昂贵的铁观音茶。

我突然一腔怒火，心里骂着：他妈的，公司真有这样的安排，为什么不早和我通气？我双手撑在伪海龟的办公桌上，身体前倾，嗓子里呜呜地响，我感到被捉弄了。

伪海龟接着很富人情味说：唉，像你这样的人才走了，是公司的损失，晚上一起吃饭，同事一场，全公司的Sales和Buyer一起欢送你。

我听着忽然流下了眼泪。

伪海龟说：你不用激动，这也是公司的规定，每个对公司作出了贡献的员工离职，公司都要欢送，公司以人为本嘛。我讪讪地，挤出几句感谢的话，只听见自己声音尖细，端茶杯的手翘起了兰花指，惊得喷了伪海龟一身茶水。他居然很绅士地摆摆手，说没关系。

我回到自己的办公桌前，待要拷贝一些资料，电脑已经被密码锁住了，我所有的客户资料也被没收，按规矩我三年内不得去同行业的公司。公司的动作这么干脆利索，不像对待一个即将被重用的人，我不得不怀疑伪海龟言语的真实性。最后我请求打开电脑取点个人重要资料，伪海龟经过慎重考虑同意了，在电脑人员的监视下，我心情复杂地拷走了几张无谓的照片。

于是，我前所未有地拥有整个上午的空闲，当然还有下午、明天、后天、大后天……我手里拎着电脑包漫无目地地走在大街上，世界没有色彩，只有暗以及更暗，灰以及更灰。一块小木板上写着"青青绿草，脚下留情"，但草地是白色的，一片白色的草地，几只宠物狗在那儿撒欢。

不知道是疲乏还是松弛，我感到整个人轻了起来，似乎正袅袅腾空，像一粒尘土那样飞向宇宙。后来，我在路边的长椅上像个娘儿们似的埋头哭了一阵，发现自己到了玛雅的住处，我按了很久的门铃，但玛雅不应答，我知道她在家里。

我的胸口又疼起来，我摸到了肿块，想到报纸上说男人也要警惕乳腺癌，便两腿生风赶往人民医院。医生查不出原因，竟荒唐透顶地说我的乳房好像正在发育，真是庸医当道。我索性做了全身大检查，内科外科眼科大小三阳全面体检完毕已是下午三点，检查结果需等三天。

这期间我十分怀念多丽。

从医院出来，离欢送晚宴还早，我从没有过这么奢侈的空闲。经过电子投篮机，我掏光了身上的硬币累得大汗淋漓，然后进游乐场坐了很久的碰碰车，人们撞击我发出嘭嘭的巨响，开心得哈哈大笑。后来在场外看他们碰撞了一阵，想到世界上每天都有这样的闲人和各种行乐的方式，觉得十分荒谬。

我丝毫没想过下一步怎么走，公司规定必须二十四小时开机的手机可以关了，订单不用跟了，客户的欠款不用催了，真真假假的酒不用喝了……我只想关门闭户大睡几天。有一瞬间我想推掉公司的晚宴邀请，出于职业的忍耐惯性，我还是准时到场。那种场面没什么可描写的，一些言不由衷的话和富丽堂皇的虚假情感在活灵魂的酒后总是泛滥成灾。在这种因我的失业成就的狂欢聚会上，我表现得十分节制，最终很体面地告别了活蹦乱跳的公司同仁，回到家里不过八点半。

我这种早归实属罕见，蓝图的惊讶可想而知。其实这只是我的想法，蓝图并没有表现出特别的惊喜，她似乎把我当时间了，但我分明看到她瞥了一眼墙上的钟。她到电脑前继续忙，她说有些买家的咨询需要回复，还有收发货需要确认，还要给买家评分，个别买家喜欢刁难人，闹出一些有损她信誉的小纠纷，要请淘宝店的小二出面调解。不过，一向不咸不淡的她有点喜庆的样子，她和我聊了起来，她店里的销售业绩增加了不少，她考虑辞去公职，专门经营网上的店铺。我本能地说：恐怕不行，机关工资虽然不高，好歹是个饭碗，女人要图个稳定。蓝图露出罕有的笑容说道：你太保守，等我把生意做大了，说不定可以养着你。我说：我是男人，不是宠物狗。蓝图朝我挥挥手，说：你过来看看我的交易记录，看我每笔赚多少，你就不会反对了。

我兴味索然地凑过去，蓝图点开了历史成交页面，鼠标有选择性地停留，并字正腔圆地念道：LOUIS VUITTON领带，红色，一口价380元；Pakerson男式皮鞋，42码，一口价460元；Dior男式平角内裤，XL码，一口价165元……

我屏住呼吸，身上冷得出奇。

仲冬，这个玛雅是我碰到的最好的买家。你看她住佳兆公寓，多好的地段呀。去年开盘均价两万三，就是大剧院那儿，离你公司不到两百米吧……你看，她对男装的品牌挺有研究的，出手也很大方……

……

我身体僵直，装出厌烦这种婆妈事情的样子逃开了。别问我后来怎么了，我不会和你一样很愚蠢地猜测蓝图到底知不知道我和玛雅的奸情。你应该立刻明白，心狠手辣的玛雅，她并不是忠诚的阿拉斯加雪橇狗，她是一头仇恨的母狼，多丽说过，沾上她的男人没有不遍体鳞伤的。只是我现在才看见我表面完好、内里五劳七伤的生活，多么愚蠢地掩耳盗铃啊！

6

三天后，我在街上游荡，人民医院给我电话，要我去取检查报告。我当时已经忘了这回事，甚至毫不关心体检结果，死活由天。我来到医院，立即被神秘地转进大学附属医院的某个房间，几个表情严峻的实习生模样的年轻人站在那儿，见我进来，眼光闪现出如获至宝的贪婪。其中一个很客气地将软椅子搬给我，请我坐下，说主任马上就到。他好像十分珍惜与我的近距离接触，那眼光几乎要将我的肉体切开。

这时我有点恐慌了。

似乎是为了防止我逃跑，有两位主动守在门口，这时的煎熬不逊于蓝图对我谈论玛雅。

戴大框眼镜的主任来了，手里捏着我的体检表，示意我坐到他办公桌对面。实习生模样的年轻人在主任左右站得笔直。主任翻开病历问道：

叫什么名字？

武仲冬。

年龄？

31。

婚姻状况。

已婚。

什么职业？

外企Sales。

有什么嗜好？

谈不上嗜好，工作需要喝些酒而已。

平时可有服用什么药物？

没有。

坦白对健康有好处。

每天喝一杯盐水。

夫妻关系如何？有没有第三者？

你问得离谱了。

那就实话告诉你，你长期在服用雌性激素……

……雌性激素？我大喊一声，腾地站起来，脑袋里嗡嗡直响。

是这样，长期服用雌性激素，会变得女性化，丧失男性功能……最近几个月,你有没有感觉到身体状况的变化?

……啊,不,不可能……

武仲冬,今天我们请你来,希望你能配合我们的研究生对你的身体变化做分析和研究,我们会付你酬劳……

庸医,神经病!我忍无可忍,龇牙咧嘴地扑向戴大框眼镜的主任,但被年轻的实习生轻易地反剪了双手,我的胳膊发出咔嚓的响声,手好像被手铐死死地铐住了。实习生面色冷漠地围住我,我才发现身体成了空架子无力反抗。我吃了一点苦头,感觉自己落在一群面目狰狞的刽子手中间,他们正打算将我开膛剖肚……我说不清自己是怎么走出那间办公室的,街上的嘈杂扑头盖脸,我慢慢加快脚步,速度越来越快,我把手机扔进下水道,穿过一片白草地时,几只互相追逐的宠物狗也跟着我疯狂地奔跑起来。

2008.12广州

缺乏经验的世界

屏幕打出列车晚点的红字。女人退到偏僻角落，背靠廊柱，敛身于密集的高级动物当中，嗅着雌雄混杂的气味，混沌无边地想了些人世间的事情。时为三月十七日，周六，蒙蒙阴雨。女人平素喜欢城市的哭哭啼啼，感觉骨子里的风情曼妙也似这般得以释放，与那个佯装冷静、要解析世界与人性的所谓作家毫无关系了。

　　列车持续晚点。上帝在为女人安排什么？未知的遐想被女人捏搓，如手中的车票皱得面目全非。无聊中研究了一番车票的皱褶纹理，想到过去的感情，正是由于缺乏耐心而毁在手中，便觉一只有经验的毒蜂扑过来，将心蜇肿了一大块。不久，经验使女人从容摆脱困扰，恢复理性。它如毛发茂密的小动物，随时能跳上女人的双膝，供女人暖手。女人习惯性地回到"作家"的身份上来，急速消除了心头的肿。晒物群中的雌雄相偎，瞵不明职业者的愚钝腌臜，看身着西装蟹行的腽肭雄性，睐小本商人横系的腰包，睹髯鬌艺术青年指上盔甲般厚实的戒指……女人暗自捕捉那细微处暴露的人性隐秘，有着白色运动服的雄性打眼前穿行，如鹤过鸡群，不知私底下他揽了谁入怀中。

　　没有行李，寻号入了座，扫一眼对面的空位，数车窗上的雨珠，回到"女人"的身份，愁肠百转起来。旅客稀稀拉拉地上了车，树苗般栽进座位坑里，生长各自的情绪。一个圆脸姑娘在女人旁边坐了。女人占了她靠窗的位子，她并不介意。女人与她无话可说。

似女人这般年过三十、颇具生活经验的人，对感情早无怨怼，怀已不揣小鹿，也无赓续旧好的心思，生命的辉煌时期大概就如草原日落般，蒙上了昏昧。不欲赘述感情历史，若说早无盏伤，自然是不可靠的谎话。虽时有对某人的鹄望，但也淡焉若忘。此时女人只生妄想，若得遇个风华正茂的雄性，两相情愿了才好。

猝不及防，女人故事的主人公出场了。女人无法描述他粉墨登场的细节，因为他简单的身体堵住了所有丰富词汇的发源地。一小段无声与空白。他及他的伙伴于女人对面坐下。词汇开始跳跃了。比词汇碰撞得更厉害的，居然是女人这颗经验丰富的雌心。雌心激动的女人在慌乱中想起此次出行未曾仔细梳妆，兼有游走数天之后的疲惫，容颜定是大打折扣，不禁懊恼得要命。她以指代梳，低头弄发，发梢偏又打了结，她不得不在头发上做文章。该死的经验此时也失去了理智，并不予以她刀枪不入的沉稳，反使她狼狈不堪，以至她被自己的心理及行为羞得脸红耳热。

女人整理好自己，抬起头，见桌上多了两瓶饮料，一瓶淡蓝，一瓶橙黄。"佳得乐"，百事公司的产品，瓶盖上的价码条上标价六元。饮料的主人手指灵活地玩弄手机。毕竟年少，他们不曾察觉女人内心的搔首弄姿。与圆脸姑娘对坐的，着白色运动服，正是那候车室里鹤立鸡群的少年。女人坐于穿蓝色运动服的少年对面，隔着他的半瓶橙黄饮料。女人感到阳光穿透阴霾，散发耀眼的光芒。彼此不说话。陌生的气氛内里游走一丝拘束。车厢空位很多，他们没有另择座位，宁愿时刻留意碰到对面的脚。女人将此擅自看做成熟女人的魅力。上了年纪的女人，会犯自作多情的毛病，并认作经验判断。女人内心深藏的秘密，在白衣少年偶然一瞥中复现——他用目光点燃了腐烂的灯芯，女人寂寞的小黑屋霎时四壁辉煌，一个少女返回女人的体内，血液羞涩倒流。

女人尝试描绘他的样子，却感到词语无不色淡味寡。一个经验丰富的女人，她既想引人注目，又恐举止儇薄，内心龃龉不断以及奚幸作态的焦灼，你必定明白花笔墨描述少年的外貌实属多余。女人敞开的是经验的世界，经验的世界在缺乏经验的世界面前，如何适度？他距女人不过三尺之遥，他们彼此互看手机信息，窃笑亦无邪。他外套的拉链仅拉了半截，露出一片V形肌肉，粗质的银色项链圈了一只大戒指，落在两股突起的肌肉中间，胸脯传递出力量的讯息与色彩，令女人目眩神迷。完美的雄性手指，既刚劲又柔和，不留指甲，指尖干净，手指关节处纹理柔细，它灵活地摆弄彩屏诺基亚，不时弄出一段音乐来。

女人独居，无性久矣。春梦困扰时想起自己还有身体，腿抻至大床的另一侧，蓦地蹬了冷的虚空，便觉一张床比世界还阔，茫茫心似苍穹，望不到头，叫不得苦。人前装模作样地快活，掩饰春梦的冷痕，谈笑不羁，是不得人惜的那类女人。"作家"的身份与头衔，背在身上，虎皮似的，唬走了食草动物，食肉动物也只是远远地观望，不敢靠近，女人唯有舔爪子消遣了。若说舔爪子是为了更好地扑向猎物，这场面倒有可期待之处；但舔爪情景，分明是对丰富身体资源闲置的怜惜与幽怨。这便是经验的后果。经验使女人一眼就能判断出猎物的肉质口感；从它奔跑跳跃的姿势认知它的体重与高度；由它嗷叫的声音准确评断出它的年龄；闻它散发的气味，就知道它灵魂的洁净与脏乱……经验使女人心灰意冷，经验使女人对猎物倍加挑剔。

此时，女人这头雌狮，面对散发如此迷人气味的猎物，垂涎欲滴，却对自己突然丧失的攻击性以及无能为力地追逐深感悲哀。他那么肆无忌惮地展示自己体态，对雌性的欲望必已熟透，在他缺乏经验的世界里，他将遇到同样缺乏经验的妙龄雌性，他的兴趣是否仅止于此？他理解女人的欲望吗？会向女人开屏吗？女人将如何进入他的世界？女人对他的幻想随着他的手指越来越灵活。在经验丰富的雄性面前，经验使女人翛然自信，此时的经验却成了女人的羞耻之物。花因风落了一地，叶子正绿树梢，女人甚至想起残花败柳这样的词句来。

只有两个小时的车程。车轮的节奏在催促女人抓紧时间。少女的女人，颓败的女人，斗争的女人。现实的朔风扑灭了所有幻想，陷女人于尴尬。女人不能像少女那样天真烂漫，即便是最漂亮的母鸡也无法如蝴蝶那样蹁跹起舞，也不甘心像他年轻的母亲那样满目慈爱，女人动机不纯。他内心如何看待面前的女人？他完全可以将女人归类为老女人。老女人必将依赖经验，摸着石头小心过河，避免自取其辱。

火车开出十分钟后，一个充满庞大繁杂情绪的女人再次蜕变为"作家"。这个置身事外的身份，在关键时刻起了令人厌恶的作用，女人怀着自卑与羞耻感打算和他搭讪。

你们是学生吧。女人这样问道。女人很愚笨，以女人的经验完全能准确地判断出他们的真实身份。不过，女人很快就满意愚笨所呈现的缺乏经验的假象，这更接近他的世界，并为他的回答提供空间，他的态度将是女人把握他内心风向的重要航标。

他们一起望向女人，面有浅淡惊讶，但旋即被一种与陌生女人说话的腼腆覆盖。女人突然想起五年前，在软卧包间里遇到一个航空学校的少年，相互吸引。女人那时经验匮乏，完全没有具体到雌雄之事上来，相聊甚悦，一夜两床对卧，略有胡思乱想，未敢轻举妄动。经验使人混浊和龌龊，如女人此刻，内心的复杂欲望像清澈的溪流奔逐，另一种品性在阻止女人——当人们以经验自居时，不知还有几人识得缺乏经验的妙处。

　　我们是运动员。他抢先回答，似是得意的。另一个笑了，继续把玩手机。女人听他说话，魂自丢了半爿。他们是运动员，这并不奇怪。他们的一切外部特征都准确无误地提供了这个信息。他还补充，他们是专业运动员。女人再次雌心蠢动，并且扭捏作态，女人感到自己使用的身份越来越含混不清。

　　专业运动员呀，是打篮球的吗？女人这样问道。女人是个体育盲，在专业运动员面前，女人乐于呈现缺乏经验的世界。经验引导女人维护他作为雄性的自信，再用自己的经验使他节节溃败。

　　不是。身高不够呀。还是他回答。女人问他有多高。他说一米八九。看他说，一米八九的样子，女人又丢了半爿魂。他说了一句"热"，脱了外套，将衣袖捋过肘关节，亮出半截胳膊来。女人的心被烫了一下，兀自热了好几度。女人委实不愿告诉你，他的眼睛如何，鼻子怎么样，他笑的味道，牙齿是否洁净齐整。女人压制内心满载经验的癫狂，佯装寡淡纯真，目光不在他质感可触的肉体上做文章，只是笑道：一米八九，挺高呀！拿巨人姚明相比当然不行，不是有个一米六八的篮球明星吗？打球还是讲技巧的吧。女人这么说着，"技巧"一词产生的歧义在女人内心衍生一种暧昧和下流，女人不由得诅咒这种受中年浊男污染所致的低级趣味的思维定式与习惯。

女人简直是一股突然卷入清晨的废气，即便他的肉眼看不见这一缕污浊，女人仍然为此羞赧。女人一面努力使语调口吻符合他的说话习惯，一面嘲笑自己像花枝招展的色衰妇人，或者是春情错乱的花痴。

其实是别的原因啦。篮球足球乒乓球之类的队伍太壮观了，打出名堂来难。我们打的是冷门。他说着，望了女人一眼，并有几秒停滞，女人顿觉面上清凉渗透。他不厌女人。女人不忍向你描述他的好。原谅女人的悭吝，女人要独享。他像打球那样，将回答抛向空中。什么冷门呢？曲棍球？女人绞尽脑汁想出一个十分陌生的类目。不是，手球。他答。女人"噢"了一声。知道手球吗？他问道，不许女人敷衍，那表情、那腔调，竟使女人有几分晕眩。女人老老实实地摇头，希望他看着自己，一刻不停地讲下去。

手球1920年起源于欧洲，与篮球在美国冒起的时间差不多，现在全球都普及了。它像篮球，基本上是篮球加足球的混合物。有一些规则都是由篮球的规则转变而成的。手球的体积小，很容易控制，也比较容易打出劲力。一直沉默的圆脸姑娘用近乎专业的解说搅乱了女人对他的幻想，女人无奈扭转头，对圆脸姑娘以示敬意。

女人不耐烦圆脸姑娘加入谈话，这意味着她要瓜分他的好，更何况，圆脸姑娘与他年纪相仿。女人希望结束手球话题，无奈出于礼貌，女人还需配合提问，倘有幸考倒圆脸姑娘，她自然就闭嘴了。颇为不测的是，圆脸姑娘竟然所知甚多，比如手球比赛1936年第一次现身柏林奥运会，当时还是在露天的足球场上进行比赛，在1973年的慕尼黑奥运会上才正式转入室内进行，1976年又增设了奥运会女子手球项目等等，有条不紊，滔滔不绝。女人听得倒抽冷气，对圆脸姑娘的见识赞赏难饰。夸了她，索然无味中看着车窗之外。

　　窗外墨黑，恍惚已至黄夜，车窗玻璃变成了镜子。从这个特殊的角度，女人看见了他，还有自己。该是何等优秀的父母，养育这么一个他。女人如何从浑浑噩噩的经验中剥离，和他缺乏经验的世界融为一体；如何跨越经验之门的遥远，恢复质朴如初的年龄——女人愿不惜一切，与镜中的他连通，依稀灯火在他的脸上幻灭。女人感到他正强有力地渗入自己的骨髓，嵌入残存的魂。何以如此，女人的经验无法抗拒，也无法解释。

　　啊，手球正式转入室内进行应该是1972的慕尼黑奥运会。他抚玩手掌的趼子，说道。圆脸姑娘玲珑一笑，并不愧怍，气氛比之前略显轻松。女人只问他：手球是怎么打的？他答：手球比赛每队7人，用手进行传球、接球、拦截、射门等动作，球速每小时高达100公里呢。手球比赛是快节奏的，每场比赛分上下半场各30分钟，中间有10分钟的休息时间。进球多的队获胜。

　　女人点头。近段看黄健翔的《天天运动会》，恰好培养了体育兴趣，虽不曾看过手球，经验却有助于女人说出得体的话：看来，手球除了要求很好的体力及过人的技术外，合作相当重要，那有些什么比赛规则？可以走步带球吗？

　　他放弃双手，看着女人，说道：是这样，开赛时，一名球员一只脚站在中线，把球传给后场的队友，接球的队友至少应该在3米外。进攻队员必须设法骗过守门员，把球打进3米宽2米高的球门。但是，除了守门员以外，任何人都不能进入球门区。除了小腿和脚，球员可以用身体上的每个部分接球、传球。球员在传球、拍球或射门前，球在手里最多只能停3秒；每人持球后只能走3步；如果拍了一下球，还可以再走3

步；3米同时也是扔点球的点。抢球球员可以用身体其他部分阻挡其他球员，不允许从对方手里偷球或打球。

真是速度之战。你在队里表现怎么样？女人不在意比赛规则，被他说话的样子蚕食，瞬间只余零碎残羹。我呀，表现平平。有点不想训练了，太辛苦了。他摇头。那模样，就是个孩子，吃尽了训练苦头的孩子。女人心里一疼，不知所措。女人问：是自己选择的手球吗？他答：不是，教练看中了我。女人问：文化课怎么办？他答：每周会补一点。

此时的女人心地纯正，毫无杂念，突然摒弃了生理的欲望，零碎残羹因为母性萌发，长成血肉丰盈的绿树，欲为他遮一片风雨。女人问他：一个人在南方，哭鼻子没有？他笑：没有啦……哦，有一回，我妈送我，我转身时鼻子酸了一下。呵，你是哪里人？女人说：湖南人。

真的呀？湖南哪里？圆脸姑娘死而复苏似的，抓住"湖南"这根稻草，游了过来。她表现出缺乏经验的惊诧，那自认好看的夸张表情，显然是扮给对面看的，这难逃女人的经验。女人脸朝她，心向他，客气地答出"益阳"二字。圆脸姑娘说她是衡阳的，是第一次出远门。女人提醒她，出门在外，小心包哦。对面二位同时笑了，他重复道：小心包哦！女人不知内里有什么名堂，嗔了他一句，立刻意识到自己在撒娇，不觉赧颜。他或许有所洞察，那诡谲的神情，轻易掰掉女人半爿魂。女人一度陷入无经验的窘境，对他吃拿不准，看似如青年沉着，又处处显露少年无邪，雌雄之事，他究竟掌握多少？

圆脸姑娘唠叨出门的心情，女人听来聒噪。她终于闭嘴。女人和他的对话已无法衔接。他退到自己的世界，频通短信。女人和他的距离越发不可丈量，忧伤自经验的裂缝流淌。他是否喜欢偭规越矩？女人如何向他传递内心的震荡……正愁得没摆布处，他调出了手机音乐，桌面上手机彩屏闪烁。完全陌生的歌。女人问他谁唱的。他答：周杰伦呀！他变了风格，咬词很清晰了。女人说：怪不得，曾经喜欢周杰伦的《东风破》。

流行周杰伦的《东风破》时，女人正和已婚雄性水深火热。那是经验中的一笔。赋予女人经验者姓甚名谁操何种职业，在此无关紧要。在少年面前想起有经验的中年雄性，令人陡觉浑浊。少年他说"周杰伦呀"的时候，那唇齿与眉目真是……女人有准确描摹各种事物的才华，唯独无法描述他，没摆布处，落得心头肿胀，只觉得自己是泥做的，他才是水做的，即便是对他的不纯想法，也玷污了水的纯净。

沉默熬心。火车无情疾驰。他并没进一步了解女人的兴趣。女人对自己心生鄙夷。那些不纯的欲望、母性、内心的慌乱以及引诱性地试探，在缺乏经验的世界面前，无异于小丑作秀。经验构筑女人的情商，却瓦解了她的青春，予她千疮百孔的存在，给心抹上自卑与自尊的混合物，引向醍醐不可逆转。

女人以所剩不多的魂魄偷窥，他肌体的光辉向女人宣告帝国时代的强霸，女人只是他光荣城堡底下的荒芜杂草，无法窬墙入城，不觉窳惰，终于推枰认输。雌老虎停止对猎物的觊觎，心生倦怠，埋下头，老态倍具地舔着自己的爪子，忧伤霎时黄了草原，枯枝瑟瑟，落叶簌簌。

没讲两句话的蓝衣少年起身上洗手间时，他挪到女人对面的座位，女人原本齐整的阵容又兵荒马乱了。女人低着头，感受到他身上的裸露之处，与银色项链同样闪闪发光，闻到一股大自然特有的香味，从他身上流逸散发出来的东西，几乎有一种置人于死地的甘美。女人大气不出，女人惧怕被他身体的烈焰灼伤。空间越发促狭、局促、窒息，雌心浸染青苹果的酸涩，顺着血管爬到女人的指尖，那不知名的少年，你为什么坐到我的对面，与我不过咫尺，两肘搁在桌上，你的浅短发丝触手可及。女人颤颤巍巍的双手，如上了链条的狗那般在桌子底下冲撞。

他们玩弄zippo打火机。他用火机在手臂一划，"嚓"地燃起一朵火花。

你们吸烟吗？经验发现，他想吸引女人的注意，熄灭的火机芯被他点着，散发一圈橙色光晕。

我们是男人，当然吸烟呀！他迅速回答，似乎期待已久。

你们是九零后吧，这么小就开始抽烟。他说"男人"，女人暗自发笑。

不是啦，我是八八年的，他八九年的。他表情诡黠。

哦，上帝！八八年！他们的年龄在女人的经验判断之中，内心仍不免暗自惊呼。女人不愿像拙劣的言情小说那般描绘他的笑貌，华丽的形容词只会削弱他的光彩。他离女人越近越令人眩晕，女人的心因而跌跌撞撞，只觉此生笃好深嗜的，莫过于此。女人再次卷入他的旋涡之中，先前颓丧慵懒的心突然充满生机——女人必须继续—— 你甚至可以用上这个词：勾引。

蓝衣少年反驳他胡说，两小无猜那样争执了几句。

他们很快乐，有些许表演的成分。女人一面感觉他们在瞬间成了自己的孩子（女人带他们去美丽的地方度假），一面像雌老虎伴睡观猎物嬉戏般，暗自体会这番妙处，贪婪而又不动声色。斜阳正如花，树在地平线生长，群鸟种子般播撒天空，两只小动物撕咬玩耍。昏昏然良辰美景，将目光抛向苍茫时空，低头看见手腕处新生的皱褶，算出一笔清醒账：女人初中毕业,他刚刚出生;他进幼儿园,女人早经云雨;他情窦初开,女人已花盛至败;当他叱咤情场,女人可能只剩牙床咀嚼一切。

　　他又审视自己的双手。女人又无话可说。女人不能看车窗,那里头映射出与他的差距感将令女人自惭形秽。女人也无需直接看他的双手,知道米开朗琪罗也罢,但丁也好,绝描画不出那样的生命。它们镀上了女人的爱情。在未来的某个空间,它们将栖息于女人尚且扁平的小腹,醒时在女人的身体匍匐前行,像个外乡人那样犹疑、徘徊、莽撞。女人是一个富有经验的老农,对庄稼与季节的关系了然于胸。女人知道春雨润物细无声、瑞雪兆丰年,知道种子落在地里,何时发芽,何时抽叶。女人会将经验传于那双手,它们的所得所知,将超出它们的主人对事物的想象。

　　然而,手与主人将女人排除在他们的经验之外,以沉默拒绝外界。女人被抛晾干涸的河床,心渐失水分,跳动艰难。女人的挫败感将女人拉向脏污的下水道,与女人曾经所向披靡的经验混为一体。女人只有让"女人"躲进"作家"的阴影,让"作家"这头怪兽支起庞大的躯体,散发它虚无与神秘的魅力。

　　女人的尊严啊,女人的企图。

　　你是做什么的?他问。他一开口,"作家"就地遁于无形,只剩下心惊肉跳的"女人"突然裸露于众目之前,魂如鸟兽逃窜尽散。所幸经验仿如魔法,在瞬间将轰塌的宫殿修葺一新,并涂以别的色彩,灵魂于殿中宝座安放,映着他无以描摹的面孔。女人忧伤的灵魂笑道:我是作家。他的惊诧合乎女人的期望,而邻座圆脸女孩毫不掩饰的兴奋满足了女人的虚荣心,她的问题又多了起来。她问女人写什么的。女人草率回答"写小说"。女人问对面的他,是否知道某某作家。他的摇头让女人沮丧，作家之于他，正如手球之于女人，女人和他是两堵遥对的悬崖峭壁。

圆脸姑娘挤进女人和他之间，她问女人叫什么名字。女人略作犹豫，还是说了出来。女人是说给他听的。某一天，女人的名字将从他勾魂的嘴唇里进出来，落进漆黑的深夜，碎成满天繁星。他的嘴啊，那品尝滋味的嘴，会是什么滋味。女人忧伤的灵魂渴望与它做伴。然而，此后女人必须为自己的名字故作矜持，掉入自制的夹缝。圆脸姑娘的介入使气氛不如女人意。火车铿锵向前，她不断干扰女人恬不知耻的幻想，阻碍女人对他的试探与撩拨。女人同时又对她心怀感激，她使女人得以展示"作家"的身份，卑微心态由于她的崇敬而骤显尊严，这正是女人欲向他呈现的。女人告诉圆脸姑娘，她刚出了一本书，叫《缺乏经验的世界》，明天下午在书城签名售书。女人问他是否有空来看看，他斜嘴一笑，说：恐怕没有时间。女人横下心问：这么小就找女朋友了？他也不客气，说：当然，年纪不小了。女人在自己的脑子里翻了一个跟头，问：她也是运动员吗？他说：花样游泳。女人想到花样年华。毫无疑问，那是一条美人鱼，腰柔臀美，波光粼粼，清水出芙蓉。女人又无话可说了。他将饮料喝得见了底，空瓶在他手中顺时针转了一圈，滑进垃圾桶。

看他那天使般光芒四射的脸，教女人如何舍得坏了他？

在白衣少年面前，女人越发感觉经验的堕落。经验与女人相连，比政治和哲学与女人结合更令人戒备。它们掩盖了女人身上天然的气味，那种小鸟依人、鸟性十足的女子，冷不防就能把你身边的东西夺了去。她们就像动物界的母羚羊、母斑马、母梅花鹿，以及那些具备水汪汪性质的柔顺眼睛的物种，在被强食和被保护之间，没心没肺地生儿育女、传宗接代。回到女人自己的问题上，女人既已为经验所困，将何以为继？女人是否该摒弃经验，赤心无为？怎奈经验并非海绵吸收的水，可以拧干，它渗透，完全控制了女人的思想，女人唯有掩饰经验，在肉身蓬勃的动物界，真诚地使诈。

有经验的女人内心兵荒马乱，年少的他却是越发从容。女人把自己想成一只闭合坚贞的蚝，当她袒露内心嫩滑的羞涩，却发现她不过是遭遇了一名食客，耻辱感从脚底爬上来，像跳蚤那样东咬西叮，令她瞬间体无完肤。倘若对面是个中年雄性，她与他的气息间便会有天然的默契，无需拐弯抹角地投石问路，无需故作单纯地掩饰经验，她可以直接夸他长得很帅、很性感。她和他开玩笑，智趣毕现，旗鼓相当，顺其自然地要了他的电话号码，之后的故事，不难想象。

火车将在二十分钟后到达。女人的心里仿佛战争后方的医院，嘈杂无章。走廊里脚步声零乱焦灼，大呼小叫声急促紧张。车轮滚滚、炮声隆隆的背景下，抬进来一具血肉模糊的躯体。那是爱情，伤残的爱情失血，昏迷不醒，脑海里留着经验的弹片……他在死去，他在求生，气息微弱却不失顽强……女人期盼自己的双手派上用场，把自己的血液献给爱情的躯体……把一切都给他……抛开可耻的欲望，取出经验的弹片……把自己的生命拿去，救活他！

写本书能挣多少钱？他对女人说话。他的眼睛也对女人说话。黑夜，点缀星光，月桂树迷蒙的影子。女人走出嘈杂的医院，望着他。生机勃勃的春天、人面桃花，都在诱惑她，怂恿她去坏了他。她满脑子落红飞舞。

女人这样说道：书是按版税计算，目前为止，拿得最多的书是德文版，两万欧元。女人略有夸张，但不过分。女人望着他的手机，如何才能显示她的来电。他轻"哦"一声，令女人瞬间看低自己。使用"作家"身份，已自溃败，倘又添上金钱的筹码，只剩淫贱与庸俗。圆脸姑娘在十分之一秒内将两万欧元换算成人民币，惊羡的神态将女人几欲趴下的自信提起来，女人原地端坐，暗自消化沮丧，直到卖报的列车员打散心头郁结的东西。作为掩饰，买了一份报纸，迅速翻完扔进垃圾桶。终点越来越近。他的手机滑到女人的面前。他撒手不管。女人想：他在暗示什么？我该怎么做？拿起它拨自己的手机号？假装欣赏它，再随意问他的电话号码？躁动中的女人沉默软弱，最终以虚假的矜持败在圆脸姑娘面前。

女人像作家那样凝神沉思，脑子里却是他的身体他的脸。渴望变成一只苹果进入他的嘴里，化做项链在他的胸前贴伏，哪怕如微小的尘埃，也只愿落上他的肌肤。他略带背井离乡的忧伤与北方人对南方的不适应。女人想：请把你的生活、身体和爱情交给我，让我来照顾它们。让我赤诚，回到十八岁，除了内心的爱，不再有别的世界。永远不要经验，这个人生阴暗腐朽的潜在。

你们的名字是不是也像运动员？比如刘翔，他跨栏时双臂就像翅膀。女人看见自己仍在努力，老男人对小女孩儿那样不动声色。他笑着摇头，并捡回手机，做下车的准备。而女人，毫无收获的渔夫，却不情愿收网，内心绝望如孤岛。他的动作缓慢黏滞，他讲了她母亲的一个梦，那便是他名字的由来。女人的脑子完全坏了，听不清他说什么，只看见他说什么的样子。

此刻，女人试图将他的模样做一次彻底的描述，他清晰的影像投射于女人内心，竟产生一种割裂的疼。女人永远不可能讲述他的样子了。他既单纯又深不可测，似乎洞察女人的内心，知晓女人的尴尬，总在女人沉默放弃时挑起话题。他问女人每天写多少字，喜欢什么运动，是否抽烟喝酒。花开热烈偏无声响，他笑容里有一种内敛的绚烂，显示混浊雄性拼了命也演不出来的干净。火车临近终点时产生的美好气氛使女人心涌悲凉，女人无法卸去经验的行李，还须提防丢失。他在枝头，女人在飘零。女人飞不上他的枝头。每一种找他要电话号码的方式都将显现丑陋的痕迹，毫无疑问将成为圆脸姑娘的见闻笑柄，败露了企图，坍塌了尊严。

女人陡生厌恶：圆脸姑娘的存在比女人的欲望更为可耻。

火车一停，即如丧钟敲响，女人的灵魂立刻披上死灰的外衣。女人望了他一眼，神色悲哀。他像牧师手里的《圣经》，缓慢地合上了打开的表情，留下神色黯然的封面。女人被巨大的惆怅击中，头沉得更低，瞬间又恍然抬头，错愕无助。人们仿佛从地里长出来，纷纷直立，拥挤了过道，他们将像水流向四面八方，无一滴存入记忆的容器。他如水草一样缠住女人的双腿，女人无法动弹。女人窒息，挣扎，捕捉最后的希望。女人看着和他交叉的脚，并排、默契。女人的白蝴蝶结高跟鞋，在他的NIKE运动鞋中间，弱不禁风。

过道渐渐空了。他缩回双脚，穿上外套。

圆脸姑娘尾随而起，夹在女人和他之间。

他回头望女人。女人回头望他们坐过的地方。

有缘再见了啊！他挥动女人已经爱上的手。

再见了！魂消魄散的女人回答。

2008.10广州

致命隐情

1

　　哟——痒死了痒死了，快点快点，上边上边，下边一点，左边左边，右边一点！晓得听话不啰？

　　靠北的小房间里，男人烦躁地将女人推了一把，女人一个踉跄，枣红头巾掉在地上，头发散了一肩。男人只穿个裤衩，面朝里，后背满是红斑，抠烂了的，露出鲜红的血；灌了脓的，肌肤里隐着淡淡的黄色；结了疤的，有层褐色的壳。整个背上快找不出一块好肉，爪子的痕迹像蜘蛛网，错乱纠缠。男人拿起一柄竹耙，在背后乱抓乱挠，动作癫疯。痂掉了，新血冒出来；脓穿了，黄色液体流出来，竹爪子被染了色，黏着他的皮肉。女人想吐，强忍着，心里委屈，眼泪刷刷滚落，一双手张开了，无措地在半空中悬着，望着那群折磨男人的红斑。

　　"文化，咯样子下去不是办法，听劝，到医院看看吧。"女人小心翼翼地央求。

　　男人手抽筋似的，龇牙咧嘴，发出"哟哟——"的唏嘘声，听起来既痛苦又痛快。

　　"哼，当初被狐狸精勾魂夺魄的挠不着痒的劲儿，今天是找着地方了吧。"女人狠着心想。她憋着一股气，咬着下嘴唇，侧头朝左看那一小窗秋景，又滚下一串眼泪，像雨点落在玻璃窗上，犹犹疑疑，滚滚停停。窗外一片灰白的秋空。风吹进来，女人的发梢懒懒地拂动。她睫毛一颤，一滴很大的泪，迅速、坚定地滚落下来。女人想到了伤心处，新一轮的悲伤袭向她。她狠咬着嘴唇，放开了，再咬住，嘴唇苍白。

那天晚上，男人带着一身刺鼻的猪屎味儿回来，说是夜里看不清，掉进了鱼厂的粪池里，她就觉得男人在说谎。当时她没有质疑，煮了一锅热水，给他洗澡擦背，杀猪一样浑身刨了一遍。没几天，男人全身发痒，长红斑，越长越多，越多越痒。她遮遮掩掩地去乡卫生所搞了些药，外用的、内服的，统统吃下去，却不济事，她屡劝他去镇里的医院，他就是不肯，挨着，怕外人知道。整整一个月，她替他挠痒，怀着对他的怨与对那个女人的恨，不分白天黑夜，给他煎药，伺候他，同时眼巴巴盼着他好起来。她恨那个女人，享了她的果实；怨自己的男人，轻易让别人摘了。过去了，也就算了，只要他身心痊愈，回到她的轨迹上来。

男人已经被挠得血淋淋的了。女人擦把眼泪，收回抛向窗外的目光，木然地扫了一圈屋里环境：墙是白的，没有任何装饰，靠墙摆着一张掉了漆的八仙桌，围着四张竹椅子，简易的木板床本来是招待客人的，如今男人在这里睡，蓝白格子的床单上，血痕斑驳。痒折磨着男人，也折磨着她。十几年的婚姻生活，还没有过这么惊心动魄的时刻。

女人耸耸鼻子，空气里的糜烂气味盖过了草药味儿，两样混在一起，带着丧事的味道。女人记得她夏天的时候，脊背上长个大疮，灌脓，也是这种气味。那个毒疮烂了半个月，用草药敷，去脓，留下一个蛋大的坑，到现在还没长平。如果男人的肉这么烂下去，那男人的命——"呸呸呸，不吉利！"女人"咯噔"一下，在心里骂了自己，她怕失去男人，他是她四个孩子的爷。

女人打开后门，让空气对流，冲散倒霉的味道，目光不觉落到不远处的青瓦屋——这是她多年的习惯——那屋门口没人，一条黄狗在垃圾堆里刨着什么。

男人长吁一口气，扔下竹耙，转过身来，面色狼藉。女人意外地看到男人在微笑。

"桂贞，冇得事哒，要好哒，要好哒！"他用手抠着脸上的红斑，安慰女人。

"你总是咯样讲，咯久哒呢，还冇看见好，你是厂长，咯长时间不露面，别个会讲东讲西的。"

女人话里有话，男人眉头一皱，脸沉了："女人家莫摊咯多事！我晓得安排的！你栽你的菜喂你的猪煮你的饭！"

桂贞脸红了，样子要哭，她很想对他说几句心里话，但连同眼泪一起忍住了。

"莫哭丧啊，我又冇死。哪个有闲心问起，你就说我到乡政府学习去了。"男人语气生硬，但不凶。

男人出事后差不多都这种腔调。

2

满天星星，没有月亮，成片的鱼塘在星夜里闪着诡秘的光，失眠的鱼蹦出水面，或者是青蛙跳进池塘，发出一声"咚"的脆响。鱼塘像棋盘一样分布，路面上长着一层"肉马根"——这种顽强的、匍匐爬生的贱草，冬枯春荣，踩上去有些松软。路边的水杉笔直，黑黑地排成行列。哪条路，到哪个塘的交界处，有多少棵水杉，塘里下了多少鱼苗，哪个塘叫什么名字，每片鱼塘多大面积，作为厂长的刘文化一清二楚。他嗅着鱼腥味儿、猪屎臭、饲料香，芦苇沙沙地，不慌不忙地走着，身影挺拔，春情暗涌。他经过养猪的红砖瓦屋，听到猪群咬架，嗷嗷地叫，心里有些得意。猪不发瘟，鱼不生病，珍珠肥润，他这个厂长就对得起厂里那几十号人了。

远处的鱼塘里有些黑色浮标，整整齐齐的，下面吊养着珍珠蚌。好的珍珠比黄金还贵。刘文化想着今年收成后，要想办法弄一些上等的珍珠，给胡丽串副项链。这个想法由来已久，他郑重地发了个誓，年底一定兑现。

胡丽是厂里插养珍珠的能手，刚刚三十，大眼阔嘴，性格像清泉一样见底。几年前，她从外乡嫁给了二杆子，二杆子的爷是前任厂长，他当权时没少谋私利，有些事儿还挺过分。刘文化觉得自己弄几颗珍珠，跟二杆子他爷比，只算屁大的事儿。他想起胡丽埋头工作的样子，头发乌黑，后颈梗雪白，侧脸圆润白净，看她将剖蚌、剥分外套膜、取下外表皮、整形切片这四步做得娴熟从容，尤其是手钩针轻挑，用送核器将贴有细胞小片的珠核送入蚌的内脏囊中核位置，手法细腻利落，他看着顶享受的。享受多了，便发生了质变，他迷上了这个堂客。

刘文化家离农场不过五六里地，踩单车很快，走路个把小时。他在农场有办公和休息的地方，那儿什么都全，有时晚了，懒了，不想动了，就在农场凑合睡一夜，也不用事先跟桂贞请假。男人在外面做事，女人家管起来很讨嫌，桂贞也晓得这一点，他的桂贞是个省心的女人。

刘文化看看手表，八点二十五了，离约定时间还有五分钟，老远就看到胡丽的影子在窗前晃来晃去，他感到自己一身春意盎然，并从迷蒙夜色中看出了一点诗意。有时，他也搞不清自己怎么就迷上了胡丽。他想："我的堂客比胡丽硬是要漂亮些，贤惠些，当年还差点败在孙正修手里。孙正修，现在和老婆孩子六个人挤着，偏屋还是茅草盖的，桂贞到底没选错。孙正修犁地施肥打农药，天天两脚泥，狗屁都不是，我刘文化是夹公文包的人，经常参加乡政府的某些会议，体面得很的。但桂贞小脸小嘴，细眉细眼，何解一副苦命相呢？胡丽面如满月，却嫁给了二杆子，二杆子不学无术，早年靠他爷，讨了胡丽做堂客。他爷下了位，靠不住了，他有么子手段让胡丽服帖呢？如今我爱她她爱我，是胡堂客的福气，但是，咯种偷鸡摸狗的约会，像小划子在风浪中前进，随时会被浪股子打翻，也是危险得很哪。"

刘文化一路想，一路得意自己还算个知晴知雨、胆大心细的好舵手，忽然听到身后像有什么响动，他掉转头，只看到墨黑的几幢建筑物，一只夜行的猫悄声跃上屋檐——毕竟心虚，把自己的脚步误作鬼声了。

刘文化摸了一把脸，夏末田野的风一阵一阵，吹得他毛孔舒张，精神抖擞。

3

木门"吱呀"一声开了，一束黄色斜光夹裹着女人的身影投放到屋门口，光亮里紧接着填入另一个长影，两个身影叠合。门"吱呀"一声关了，黑幕落下来，窗口的帘子落下来，灯很快灭了，房子和星星一样沉默。蛐蛐虫不倦地叫着，一声接一声，侧耳细听，它们却沉默了，仿佛知道有人在寻探它们。然后，有一只小心试探地鸣叫，像是求偶，一只、两只……逐渐附和着鸣唱，越来越多，于是它们又渐渐热闹起来。盛夏过了，青蛙懒得叫嚷，不想附和这些小虫，只是偶尔鼓着腮帮子,在嗓子里咕噜几声。草丛中有窸窸窣窣的声音,水蛇上了岸,把老鼠吓得仓皇逃窜。

百万颗星星的光亮仍是微弱的,黑夜里的农场就像一幅颜色偏暗的国画,水色浅灰,浅灰里墨色点点,成排成行;田埂交错,路面也是浅灰,路边有深草,颜色偏黑;天地之间是灰黑,偶有夜鸟穿过这片灰黑,落在深黑的水杉和房子上,不声不响;三两个白点,是还亮着灯的窗口,像黑房子的眼睛。这情景,用水墨描绘出来,色彩是很难把握的,怎么也比不上这天然的浓淡相宜。

突然几条暗影向这边奔来,他们边跑边压低声音说话。

"三鳖,冇看错不啰?"

"二杆子,我和四巴子亲眼看见的!咯回子抓活的。"

"冇错,二杆子。"

"婊子养的,搅老子的牌局,睡老子的堂客,今朝老子要把他当贼股子打!"

三人手中的武器很长,大约是扁担、锄头、铁锹之类的东西,个个身轻如燕,分三路迅速围堵住前门、后门、侧窗。之前打开的那扇单门被巴掌拍响了。一个男人尽量压低鸭公嗓门,说道:"堂客,开门哪,我是老倌子呢,牌局散了。"里头没有动静,男人又喊了几声,等了片刻,用拳头擂了几下,开始踹门,火气蹿上来,正要挥起锄头砸门,听见堵后门的人惊慌喊道:"哎哟……二杆子,这个杂种跑啦!"

扛锄头的二杆子拔腿追往后门,黑灯瞎火踩中砖头跌了一跤,满手牛屎,跑到后门一看,黑影已逃出老远。

"婊子养的!"二杆子怒骂一句,拔腿狂追,三鳖和四巴子紧跟在后。

刘文化吓飞了魂,一面庆幸三鳖个子矮、力气弱,他才能一把将他撞翻在地,冲出重围。

　　农场是袒露的,除了水塘,还是水塘,根本没有躲避的地方,刘文化再熟悉地形,也找不出办法,心里一乱,出口都找不着了。他知道二杆子的脾气,要是被捉住了,不将他乱棒打死,也会把他弄成残废。他听他们喊"抓住这个杂种""打死个婊子养的",热汗夹冷汗流了满身,衣服全湿了,脑子里乱箭飞射,慌里慌张地冲进了养猪场。群猪突然受惊,嗷嗷乱叫,在猪圈里冲来撞去,他一面暗骂这群蠢猪会暴露自己这个目标,一面恨不得马上变成一只猪,躲过这一难。

　　他听见追者已经逼近,远处似乎也起了骚动。

　　一只夜猫叫了一声,跳下窗台,一块小石头"咚"的一声落在屋外的水塘里。刘文化突然想到猪圈下面的粪池,直奔池口,滑了下去。池子不浅,粪水一下没过胸脯,他往里蹚了几米,只剩下脑袋浮在粪面,感到隐蔽安全了,屏息听外面的动静,却感受到臊臭味儿和雷鸣般蚊子的轰炸声。它们黏上他,钻进他的七窍,攻击他,嘲笑他,议论他,咬得他面部火辣,脑袋麻木。

　　猪知道刘文化在下面,在水泥预制板上哼哧哼哧地走动。

　　脚步声转近了,走了,离开了,又踅回来,最后停在外面。

　　"歇会儿。"二杆子把锄头撑在腋下,从口袋里摸出烟,从容地点上了。他手指头关节很粗,脸在火光中一闪,黑瘦,小眼睛,上唇留着胡髭,似乎有一脸麻子和狞笑。

　　"老子看哒一坨黑影子跑进来的,何解不见了。这个猪日的劲蛮大,老子只怕绊哒腰子哩。"三鳖把扁担戳在地上,一只手在腰上拧来拧去。他比扁担略长几公分。

　　"冇看见人,真的来哒鬼!"鸭公嗓二杆子故意提起嗓子抡起锄头用力锤击，地面发出嘭嘭巨响，猪在里头嗷嗷地叫开了。

"噫，莫该躲到猪牢池子里了？"四巴子低声说了一句。

"冇咯蠢吧。毒死这个杂种。老子上回子下去捞手表，手脚痒了一两个星期。"三鳖说。

二杆子默默地抽完烟，扔了烟头，坐上废墙垛，把两条腿也收了上去，他的影子看起来似乎在享受农场的夜色。

一只猪屙尿，几只猪屙尿，越来越多的猪一起屙尿，热乎乎的尿从石板缝隙里漏下来，落在刘文化的脑毛顶上。

池子里闷热脏臭，刘文化有点头晕，为胡丽张开的每一个毛孔都填满了粪渣，心脏也被浸透了，满嘴猪屎味儿。他一直耳鸣不断，腿和身体似乎被粪水腐蚀了，化进了粪池，他已经感觉不到在脸上爬动的虫子或蛆，蚊子挤进头发里，叮他的头皮。脸被抠得一道一道。他看不见周围漂着的蚊子尸骸。他与蚊子战斗，等着二杆子他们离开。他们和蚊子一样顽强，在外面嗡嗡地闲聊，没完没了。

刘文化支撑不住，蚊子叮得他睁不开眼睛。他双膝发软，咬紧牙关挺着。心里懊悔这个倒霉的晚上，应该待在家里，甚至推远一点，不该搭上胡丽。厂长偷情，躲在猪粪池里，这一身臭传出去，脸就丢尽了。

"二杆子，么子事啦？"陆续赶来一些人，七嘴八舌的。

"屋里进哒贼股子，婊子养的，偷到老子屋里来哒！硬晓得老子屋里放哒现金。"二杆子回答。

"真的啊？冇丢钱不啰？"

"你堂客冇待屋里么？"

"堂客困觉哩，不晓得贼股子进来哒。"二杆子回答。

"到处冇得，跑都跑咯哒，回去看看冇丢别么子家伙吧！"

后来的人待了一阵，觉得事情没意思，陆续走了。

只剩下二杆子和三鳖。二杆子把三鳖招过来，凑近脑袋说话，三鳖频频点头。二杆子又点着一根烟，小眼里闪现一股邪恶的快意。

"你说那家伙真的在池子里么？待咯久，不死，怕也只有半条命哒啵？"三鳖说。

"家丑不外扬，莫到处乱讲，晓得不？真搞出了人命，要坐牢的。"二杆子拍了三鳖脑瓜一下。

他们守在那儿，一面打蚊子，一面聊，一直聊到哈欠连天的下半夜，怀着胜利、狡诈、满足的心情扬长而去。

4

天幕下的古槐像团黑云，槐树叶沙沙地响。桂贞挎着竹篾篮子去田里摘菜，一坨鸟屎"叭"地落在她的头上，她听到几声古怪的鸟叫，心里一股不祥。她走在田埂上。风来了，灌满她宽松的衣服；风过去，衣服贴紧她消瘦的身体。裹头巾这种事，只有四十岁以上的女人才这么做。头发是女人的第二张脸，哪个女人不想脸面的美丽持续更长一些，但桂贞一过三十五岁就这样把一头乌发藏了起来，她自己解释，生孩子坐月子时受了风，见风就脑壳痛。她小巧精致的五官早已失去了少女时的活泼与俏皮，生育和生活迅速催老了她，皱纹悄悄爬上她的眼角，但她的眼睛还是那样乌黑清澈。

秋天的田野，禾叶青里透黄，谷穗像个刚刚成熟的女子，羞涩地垂下了头，偶尔一块荸荠地，叶苗碧绿尖细，像葱一样，根根笔直，聚集成束。有的被偷偷挖起来了，沾满泥土的根部并没有长成荸荠，被失望地扔在一边，颠三倒四。可以一步跨越的水沟里长满杂草，水面上的长脚昆虫跑得飞快，看不清是贴着水面飞，还是在水面爬行，水里有它的倒影。远处的田埂上站立着一只长脚白鸟，悠闲地行走几步，倏地飞起来，身影嵌在天幕；村舍，树木，行走的人，都像蓝色的海底生物。混在稻田间的菜畦很多，种水稻的土地肥沃，菜便绿得发黑，一棵一棵，硕大肥重，连野草也长得像模像样，丝毫没有枯黄的迹象。生物界的事，也那么匪夷所思。

乡里闲人，怎么藏得住话？纸，怎么包得住火呢？生活单调沉闷的人们，本来就期待发生点什么，事情最好与自己无关，可以跷着二郎腿聊，打着闲牌聊，靠着篱笆桩聊，在塘边捣洗衣服时聊，去园里摘菜时聊。有意也好，无意也罢，时间过得快了，活儿干得轻松了，乐趣就达到了。不过，由于刘文化在村里和鱼厂都有点威信，且没捉奸在床，流言只能平静地暗淌，人们偷偷地议论，散播，活色生香的。

桂贞下了田埂，脚便陷入潮湿松软的泥巴里，留下一行脚印。桂贞在菜地里兜转，菜篮里没有填补一样东西。她不知道采什么样的菜回家，或者，她原本是挎着篮子散心来的。屋子里的气味太难闻了，刘文化像牛一样倔强。她只有听从他，顺从他。是啊，他见的世面广，懂的比自己多，他知道该怎么做，自己一个女人家，除了浆衣煮饭、喂猪打狗、生儿育女，还能做么子喽？太阳从东边升起，在西边落下；小鸟在天空飞翔，夜晚在树上栖息，又会有么子变化呢？桂贞在田埂上坐下，脚放在菜地里，手指胡乱地扯路边的野草。旷野的风，吹不开心里的云。稻田里堆起细浪，沙沙沙沙。她就那么坐着。

一个男人和一条黄狗在不远处转悠。男人健壮，裤脚一长一短，双手背在身后，身体微微前倾，像大多数农民一样，长着风里雨里炎日里熬成的黑皮肤。他面目善良，眉眼清澈，东看看，西瞧瞧，摸一摸谷穗，咬一咬谷粒，在埂边踩紧几脚泥，扶一把倒下的稻苗，在分岔路口犹豫了几秒钟，朝桂贞的菜地走来。他是住桂贞后门口的孙正修。

"搞点么子菜泃（吃）喽？菜秧子长得蛮好啊！"男人站在桂贞五米外，背着手，裤脚一长一短。黄狗围着桂贞摇尾巴。

"冇得么子菜。都还好呐？"桂贞还是坐着，拍拍黄狗，笑，皱纹在眼角开花，牙齿很白，嘴角边有细细的酒窝。

"差不多。你蛮辛苦不？比旧年子老些哒。"乡里男人喜欢说实话。

"崽都好高哒，何解有不老的啰。"桂贞答是笑着答，心里还是有些不对劲儿。别人说她老也许无所谓，眼前这个男人说，就大不一样了。

"你莫发气，你晓得我不爱做乖面子讲漂亮话。"

"发么子气，我又不是十七八岁的妹子。"桂贞随口一说，说完就后悔。她不是故意要提从前的事情。

"是的喽，都快二十年了。时间过得真的快啊。"男人叹了口气，也想到了十七八岁的桂贞，摇了摇头，有点沧桑。又无聊地望了望天空，似乎很随意地问道，"好久冇看见刘厂长哒，冇么子事吧？"

"冇么子事。你是不是听见别个讲哒么子？"

"听是听哒一点，外面乱讲的，你莫信咯多。"他言不由衷，明显是在安慰桂贞。

"我晓得。我摘菜去。"桂贞站起来，飞快地提起空篮子走到那片辣椒地里，弯下腰，眼泪滴答滴答往菜叶上掉，砸得叶子颤颤巍巍的，最后落在菜地里。秋辣椒也没有几个了，她胡乱地摘，辣椒、叶子一块往篮子里扔。她听到身后孙正修说"注意身体"，又唤了黄狗走了，就杵在菜地里，很久都没有抬头。

原来听人说刘文化跟邻村一个寡妇搞过，桂贞死活不信，刘文化不是那样的人哪！再说吧，他不喜欢高大的女人，怎么可能搞这个一米七的寡妇呢？村里又传闻哪家的儿子长得像刘文化，暗示刘文化到处下种，分明是妒忌她桂贞找了个好老倌，眼红啊！可今天他这一身的毒斑，自己到哪里给他一个合情合理的解释？桂贞取下头上的头巾抹着鼻涕眼泪，头巾的鲜艳刺痛了她的心。刘文化就在城里带了这条头巾给她，他怎么还会对别的女人好呢？那个女人，何解会随便同别的男人睡觉？桂贞用手指头掠了掠头发，抓着头巾擦了擦脸，重新盘在头上。然后蹲在地里，拔掉几株枯死的辣椒苗，清理围着菜苗生长的一些杂草，给裸露的菜根填土。只要男人骂了她，或是为别的事情生了气，她就跑到菜地里狠命地劳作。她不反抗，她的心永远是一块衰弱的海绵，无声地吸纳与消融那些痛苦与忧伤。她爱这土地，爱这些亲手种植的菜苗。在与土地相亲的过程中，她获得了慰藉，心情渐渐平静了。

一只老乌鸦怪叫着，落在桂贞十米外的地方。它全身乌黑，眼睛骨碌滚动，眼珠子翻动一线浅白，显得很狡猾。桂贞挥手哄赶，它偏了偏头，怪叫着往村里头飞，她看见它落在家门口的苦枣树上。

天黯了些，风急了些。埋头修整菜园的桂贞，在空旷的野外显得孤单渺小。忽听见有人喊："妈妈，妈妈——"桂贞直起腰，看到三个儿子正向她奔跑过来。他们在田埂上排成一行，刘四胸前的红领巾一飘一飘；刘三的书包在屁股后啪嗒啪嗒；刘二踩空了一脚，差点滑倒。

桂贞便拖着长调喊："崽哎，跑咯快做么子喽，慢点慢点——"儿子的出现给了桂贞力量，她眯缝着眼，笑容宽慰。

"妈妈……爸爸发高烧哒……快点回去喽——"还没到菜地，刘二上气不接下气地对着桂贞喊，他长得像桂贞。

"妈妈，爸爸总哒喊你……喊你的名号！"刘三说。刘四哭了起来。

"啊！"桂贞撂下活便飞奔，篮子被她踢出老远。她奔跑的姿势非常难看，跨步很小，双手拘谨地、小幅度地甩动；她踩过刚刚整好的菜地，一只鞋子脱陷在泥巴里，头巾也掉了，风把它一路赶到了稻田中央。

5

放学的孩子们东玩西耍，有的折了篱笆上的枝条，捏在手里胡乱地抽打；有的用弹弓枪对准树上的麻雀，惊得群鸟乱飞。屋顶升起了炊烟，烧的稻草，烟是青色的，火烧旺后，青烟便变成乳白色；冒黑烟的是灶里拨不明亮的湿柴火，屋里的呛得连连咳嗽。

桂贞一路小跑，穿越这个忙碌的时分。头发散开了，仿佛又变回一个美丽的少女。另一只鞋子也在半路甩掉了，她跑得没有一点声音。经过牛棚，牛蹶着尾巴拉屎；狭窄的篱笆小路上晾着破旧的衣服。菜园里有胖女人喊；"桂贞堂客，跑么子啦？"

仰面在床的刘文化全身通红，斑点格外红亮，他肌肤烫手，身体一阵一阵地发抖。

桂贞给男人额头搭上冷毛巾，无措与慌乱中，吩咐儿子，去喊孙叔叔。她将头发挽成一个髻，胡乱用布把脚擦了一下，穿上平跟布鞋，打开旧式衣柜，拉开抽屉，手往里探，摸出一个布包，刚把一叠十元的纸币揣在怀里。这时，孙正修和七八个乡人进来了。

人一多，屋里便乱了。男人们用竹制睡椅飞快地做好了简易担架，七手八脚，将刘文化连同被单一起抱上来，再用被子裹好，把脸围上，两个男人抬起担架，迅速赶往镇医院。第二天天亮时分，又这样原封不动地抬回来，人已经死了。

桂贞跟在担架后，身影更加瘦小，她没有一点声音，安静得像滑过水面的小船。

刘文化本来可以不死。如果他不与胡丽私通，如果他不在那个晚上与胡丽私通，如果他私通后不躲进猪粪池里，如果他听从桂贞的劝告……桂贞的哭诉中隐隐约约流露这些关于"如果"的遗憾与假想。何解不强迫他去医院喽？何解自己不到镇里搞两剂药哦？何解也懵懵懂懂，侥幸希望？何解冇帮到他？何解暗地里还要恨他啊？刘文化病不致死，罪也不致死啊，我何解就这样无能喽！桂贞没有说出这些话，她哭声里充满了痛苦的自责。"猪日的骚堂客，发情的母狗，你害死我的男人，你这一世又何得安乐啊！我高处有老的，脚下有小的，带哒四个崽何得清白何解活哦！"桂贞在心里骂，哭念的是别人听不清的话。哭丧是村妇无师自通的本领，像所有的农村妇女一样，她哭得抑扬顿挫，婉转起伏，自成曲调；数落得有条有理，翻天覆地。陈年旧事，芝麻蒜皮，痛悔追忆，像在阳光下翻晒发霉的衣物一样，全部抖搂出来。

帮丧的人很多，高屋场台子出现少有的热闹。中午时分，乡人七手八脚用宽宽的竹篾垫子搭建了灵棚，安放死者。在县城念高中的大儿子到家了，停歇了的嘶哭声又重新开始。

离村址两里路远的堤脚下，有片坟山，高高低低，用目光数下来，大约有百把个坟头，也不晓得是哪年开始有的。埋了像孙正修的前妻那样难产死的女人、淹死的孩童、服毒的、在古槐枝丫上吊的、车子轧的、病死短命的……这片坟地被踩出了新泥，添了些乱七八糟的新鲜的脚印。鞭炮声久久地响着，掩盖了撕心裂肺的哭喊声，最后的诀别在一锹一锹黄土的掩盖中结束，一个崭新的土冢，忽然间从地面上冒出来。

2002.4

鱼　刺

一桌子人围攻一桌子菜。我端着酒杯，围着一桌子人点头哈腰，像餐桌转盘一样旋转。说实话，在敬酒的过程当中，我的心里一直装着那条清蒸桂花鱼。开始它还热气腾腾，细葱覆盖它白嫩的躯体，但在我敬完第三个人后，已经有人粗暴地掠开了青葱，或者说有特别嗜好的人把葱夹走了，草一样塞进了自己的肚子里。紧接着众人的筷子乱剑一样地扎过去，戳住一块块肉塞进自己酒精洗过的口腔，填入酒精浸泡的肠胃，于是桂花鱼完整的躯体就千疮百孔了。我只有在昂首痛灌的间隙里，用那双因为酒精而血红的眼睛，去关注那条鱼。准确地说，是紧盯着弧形的鱼脊，因为，那是我最喜欢吃的部分。

　　终于敬完了一圈，我的屁股重重地落在软椅上。他们似乎是聊到了本地电视台的某个女人与本市市长的一个段子，一起哈哈大笑。我在他们的笑声中果断地伸出了筷子，直奔桂花鱼，把别人遗弃的、我饥渴已久的鱼脊迅速夹到我的地盘，在碗里礼节性地转了一下，带着渴慕深吻的欲望，总算把它送进了嘴里。鱼已经不热了，不热的鱼正好不影响我满足饥饿的速度。我的牙齿和舌头细心地工作，迫不及待地往喉咙里输送处理好的鱼肉，我的全部精神都倾注在消灭这段鱼脊里。当我的舌头和牙齿正在全力配合准备剔除那根小刺，我听到领导提到"张立新"。张立新是我的名字，我立即停止咀嚼，满脸笑容地将脸朝向领导。与此同时，我感觉有根小刺正向喉咙里滑下去，像羽毛坠落一样轻盈与柔软。

如果我当即狠狠地咳嗽一下，也许鱼刺就出来了。但是我肯定不能咳嗽，首先那有可能把嘴里的鱼肉残渣喷到领导脸上，那就像朝领导脸上吐唾液一样，令人尴尬与后果难计；其次是我根本没料到真的有鱼刺滑进了喉咙，因为当时我根本没有吞咽；再次我有过卡鱼刺的经历，吞口米饭就万事大吉，算不得事。

我朝领导笑着，还准备拍一句到位的马屁，张嘴间忽然感觉到鱼刺的坚硬，喉咙里针尖大小的一个局部产生了疼痛，随之而来有一股说不清是想咳嗽还是想呕吐的冲动。我紧抿着嘴，我想我这个四十岁男人紧抿着嘴的样子肯定很滑稽。我的脸瘦，我用一只手捂住了包括嘴巴在内的大半张脸，歉意地朝一桌子人挥了挥另一只大手，镇定地往洗手间疾步走去。

他们以为我喝多了。

我关上洗手间的门，吐着舌头咳嗽，吭哧吭哧，哇啦哇啦，咳得两眼充泪，满脸通红，然后脸朝着马桶。胃顶上来，温暖的东西从嗓子里倒出来，哗啦哗啦灌到马桶里。"轰——"我按住马桶的按钮，马桶善解人意地席卷了我吐出的第一批成果，就是刚吃下肚的鱼肉、七八杯米酒、三口米饭，还有花生米、凤爪。吐完，我把手指伸进嗓子眼儿，试探鱼刺的位置，企图用两根手指头把鱼刺捏出来。坏了，新一轮的呕吐袭上来，我的双手不得不撑在马桶边上，我的脸肯定像衰老的充满皱褶的屁股。我吐出的第二批成果是中午在本城最有档次的大白鲨酒楼吃的那顿珍贵的鱼翅燕窝席。燕窝的味道从我的喉咙里滑出来，这使我痛惜。我多希望能给老婆和孩子带去有鱼翅燕窝味儿的亲吻，可是我还没回家。我对老婆说今天去大白鲨吃了山珍海味，老婆肯定不会相信，证据全部进了马桶。我沮丧地反身坐在了马桶上，拼命地咽口水，我的吞咽是对鱼刺的抚慰，它也会温情地回应一下，让我疼痛，证明它的存在。我又想起下班后在熄了灯的走廊里，我把打字员赵燕玲搂进了怀里，我吃了她的唾液，现在连她的唾液也一并吐到了马桶里。

我在洗手间的努力毫无作用，似乎使鱼刺卡得更为牢固。

回到家时，儿子点点已经睡了，老婆一个人守着一场肥皂剧，电视屏幕上正打出"第三十三集"的字幕。老婆原来在纺织品公司的百货商场当营业员，有几分姿色，百货商场被几个经理腐败垮了，老婆就只有待在家里。老婆比我年轻五岁，精力旺盛，下岗后表现尤为突出。以前每周有几个晚上我都会主动挑逗她，现在每天晚上都是她不容分说地折腾我。

怎么还没睡？我随口问。我知道我的废话将引来老婆更多的废话。

你还记得有家啊，看你那霜打了的样子，折腾完了早点回家不行啊？果然老婆骂我了。老婆总是以数落我的方式表达关心、爱、不满，我常常把她的意思搞混了。我越来越搞不清楚，在这种情况下，是该幸福、快乐，还是和她生气。比如现在，老婆骂声里夹杂的几种情愫全来齐了。

我的表情可能有点复杂，因为老婆站起来，诧异地看着我。她比我矮一个头，三十五岁的女人了，脸上也有了些应时报到的中年斑，中年斑使老婆的脸在白炽灯下依然黯淡无光。

是啊，折腾完早点回来，再被你折腾，我只有被折腾的命。我正想着要这么跟老婆发几句牢骚，喉咙里就痛得厉害，我缓慢地吞咽了一下，鱼刺卡在那里，赵燕玲那张二十二岁的纯净的脸在我眼前一闪。我皱着眉头漫不经心地扫了老婆一眼。老婆因为下岗后变得全身都敏感，不光是性欲旺盛，还处处提防我看不起她。现在我的这个眼神惹急了她，眼看她要发作，我连忙朝她赔个笑脸，一只手掐着自己的脖子说，我卡了鱼刺。

老婆的热情是我万万想不到的。她先是掰开我的嘴，踮着脚尖费劲地审视一遍。大约是灯光不够，她又翻出一个小手电筒，几乎是塞进了我的嘴里，仍然没看到什么。老婆就端出她晚上吃剩的菜心，递给我一双筷子，说：不要嚼，直接咽下去！我像头牲口一样听从了老婆的命令，搅成一团塞进嘴里，像蛇吞吃青蛙，鼓着腮帮子狠狠地、艰难地往下吞咽。我的嗓子眼儿被充大了，眼珠子都要蹦出来了。吞到一半时我很后悔，对付一根小鱼刺，我实在没必要被搞得这样狼狈。然而我已是进退两难。老婆恨不得帮我咽，看着我干着急，不突出的喉结也在上下蹿动。我有点感动，再使了点劲儿，终于成功地咽下那团青菜。

怎么样了，怎么样了？老婆跳起来追问。

刺好像不在了。我试着咽了咽口水。刺的确不在了，我欣喜地朝老婆露出皮皱皱的微笑。老婆就很得意，老婆一得意就温柔起来，轻声说：那快洗洗睡吧。我看了看墙上的钟，快十二点，是有点累了。

但是这一次，老婆对我的折腾没有成功，或者说是我失败了。我呼吸粗重的时候，发现鱼刺仍在喉咙里，痛在其次，主要是有种说不出的难受，把我搞得心烦意乱。我滚到一边，扭动脖子探测鱼刺所在的位置，我下定决心要以咳嗽的方式把它逼出来。于是我离开床，走到阳台上，对着已经朦胧的夜空，张大嘴，吐出舌头，爆发出惊天动的怪异的声音。老婆就在房间里嚷：你把全城人都吵醒了，有你这样的吗？睡吧睡吧，睡一晚就好了。没有满足欲望的老婆也很烦闷，好像鱼刺卡在她的喉咙里。我觉得老婆这些话是对她自己说的。我合上嘴，停止咳嗽，我不能只顾消灭鱼刺而影响别人的生活。又转身去洗手间，在那里前仰后合地折腾了一阵，他妈的鱼刺就像我最近跟老婆之间的高潮一样，就是出不来。

　　我泡了一包方便面，草草地安慰饥饿的胃，漱了口重新睡下。我感觉嗓子里的肉都在向鱼刺压过去，鱼刺像块石头一样巨大，顶在我的喉咙里。我翻来覆去地调整身体，最后发现唯有侧身向右睡去，喉咙里才勉强舒服，才能让我暂时遗忘鱼刺。但侧身向右，意味着背朝老婆。老婆来气了，也把身体一翻，背朝我呼哧呼哧地喘气。我懒得理她，我想安静地入睡，保证明天能精神焕发地上班，意满志得地和赵燕玲进一步搞点什么。赵燕玲最近把我搞得失魂落魄，不知道这种感觉会不会像老婆说鱼刺一样，"睡吧睡吧，睡一晚就好了。"

　　我所在的自来水公司位置偏僻，远离闹市，坐公交车需要三四十分钟。整夜的右侧睡姿使我一身酸疼，起迟了，到办公室时已经有很多琐碎的事情在等着我。比如落实"七一"的党员活动，本月职工的生活福利发放，整理一份汇报材料等，搞行政就这么麻烦。

　　赵燕玲已经在打字机前干了好一阵子活儿了，看见我进来，她温柔地一笑，然后噼里啪啦地继续打字。赵燕玲不漂亮，除了皮肤白和嫩，其他都比不上我老婆。她的小手很白，手指在键盘上跳跃，动作迅速得让我眼花缭乱。赵燕玲是我这个办公室主任手下唯一的士兵，总有和她相依为命的错觉，她的温顺总让我想抱一抱她。赵燕玲的长头发和她的脾性一样柔顺，不像我老婆的枯草那样乱蓬。

我偶尔发出几声怪异的咳嗽。每次咳嗽，赵燕玲都会转过头来看我一眼，她的眼神让我快乐。我猜想她肯定也在回味我的唾液，并且盼着我再次把唾液输送到她的嘴里。赵燕玲是细腻的，她终于发现我的咳嗽不同寻常。她说：张主任，你嗓子怎么了？我有金嗓子喉宝，你吃一颗不？赵燕玲是唯一喊我为张主任的人。只有这时候我才发现我还有个一官半职。我很不舒服地摆了摆头，赵燕玲却坚决地把一包"金嗓子"塞给了我。

我喉咙里卡了鱼刺，吃这个没用。我对赵燕玲说了实话。赵燕玲是继我老婆之后，第二个知道我被鱼刺卡了的人。那还不快去医院？小心喉咙溃烂啊！赵燕玲的担忧有点夸张，我知道她在吓唬我。没什么影响，只是不舒服而已。你不要对公司任何人讲这件事情，这会令我难堪。我嘱咐她。赵燕玲似懂非懂地点完头，还是说了一句：我看你是小题大做，卡鱼刺而已，又没干见不得人的事情！

午饭后我靠在办公沙发上消化，剔牙，喝水，和鱼刺暗暗较劲。这个时候，鱼刺稍微温和一些，在一种若有若无的状态中。我揣测它刺进肉里的深浅度、坚硬度、顽强度，它为什么要选择在我的喉咙里安居？它打算待多久？掉下去会不会刺穿我的肠子？或者像赵燕玲说的那样，它是不是会造成喉咙溃烂？我又翻了一会儿报纸，正想在沙发上打个盹儿，赵燕玲端了个杯子进来了，随她进来的还有一股酸味儿。

你把这个慢慢地喝了，最好是仰着头，让它自己流下去。赵燕玲把杯子递给我，酸味儿直冲鼻孔。什么东西？好难闻！我把头偏开，鱼刺又把我刺了一下。醋啊，我妈教我的，可以将鱼刺软化！赵燕玲语气肯定。我从来不吃醋，你的唾液能将鱼刺软化就好了。我开了个玩笑，顺势想把赵燕玲拉到怀里，赵燕玲惊慌地指着门，门是敞开的。

赵燕玲几乎是平静地继续催我喝，逼我喝。不喝挺对不起她的认真，我就灌了一口，微仰着头，看白花花的天花板，只觉得鼻孔里都冒出了酸气。醋的味道实在不好，比喝药还难受，这辈子都没喝过这么多醋。我龇牙咧嘴，舌头都被腐蚀得麻木了。醋流过卡了鱼刺的地方，一阵刺痛，我觉得那地方的肉已经烂了。还剩一半的时候，我忍受不了这股浓烈的醋味儿，一口也喝不下去了。而事实上醋似乎发生了作用，我的喉咙获得片刻的舒畅，再扭扭脖子咽咽口水，刺似乎真的软了。我赞赏地朝赵燕玲铺开一脸笑容，赵燕玲把头低了一下，说：一会儿再喝一点，睡一晚就好了。

"睡一晚就好了。"赵燕玲跟我老婆说的一样。

周末就像我最不愿吃的一道菜，随着转盘停在我的面前。当然我可以不跟周末发生任何关系，问题是我儿子、我老婆就爱周末这道菜。他们从周一开始盼望周末，要去动物园、商场、儿童乐园、电影院、麦当劳，他们要充分享受现代生活，我就得像只陀螺不断地旋转。三个晚上过去了，鱼刺并没有像我老婆和赵燕玲说的那样——睡一晚就好了，现在连说话都嗓子痛。当然这实在算不得什么病，人们甚至还可以拿这个来开玩笑，连八岁的儿子也会嘲笑我：这么大人了，怎么还让鱼刺卡了，显然是个贪吃的主。

嗓子痛得并不剧烈，否则，我必得上医院了。现在对付它最好的办法是减少说话，话一少，我就显得深沉起来。一路上老婆和儿子不断地说话，一切事情都是儿子或者老婆说了算，我只是偶尔点点头，表示人在心在。我的少言寡语并不影响他们的兴致，这一点让我很安慰，我可以尽情地——现在可以说是——把玩我嗓子眼儿里的那根鱼刺。喝了赵燕玲的醋以后，鱼刺的位置似乎有所变化，略有下移，要与我抗衡的态度便更为坚决。我低咳了一声，针扎般痛。我已经不指望通过咳嗽来处理这根鱼刺了，我确信有一天它会随着某次吞咽而粉身碎骨。就像牙缝里夹了肉，用舌头不断地挑拨，多次努力地企图将它们从牙缝里剔出，最终又说不清在哪一顿饭之后，忽然间消失了。

　　这几个晚上老婆没有骚扰我，我也没有折腾她，彼此相安无事。但我感觉老婆有点不同寻常，像藏了心事。她偷偷地翻过我的皮包，拿起我的衣服嗅了一遍又一遍，口袋翻个底朝天，检查了我的电话本，问询过电话本上新添加的女人的名字，她们是干什么的，怎么认识的。我都一一回答了。我说：你老公一把年纪，无权无势，你就放心好了，女人是看不上的，有你我就心满意足了。上了年纪的女人自然不肯轻信花言巧语，我随时都在老婆的侦察范围内，接受她突发地审问。谢天谢地，赵燕玲一直在她的疏忽中。我因而敢拍着胸脯对老婆发誓：我绝对没有别的女人。事实上直到现在，我也真的只是吃过赵燕玲的唾液而已，以后怎么样，是以后的事情。

　　这个周末，儿子要交一篇作文，老婆决定先带儿子去海洋世界，回来再去步行街购物。我默认了，反正经济大权是老婆掌管。海洋世界在市郊，坐了一个多小时的大巴才到。人很多，多得出乎我的想象，我们马不停蹄地买了票进去，走马观花地游玩了一圈出来，遵照儿子的意思，在麦当劳享用了午餐。老婆执意一会儿去外面吃面条，我的喉咙也根本不能吞吃这些干硬的东西，只有儿子吃得津津有味。其实只要儿子饱了，我和老婆也不饿。老婆还惦记着冰箱里的那半斤猪肉和一捆青菜，她准备晚上做得丰盛点，把中午的欠缺补上来。我也默默地同意了。面对这么能干的勤俭持家的老婆，男人能说"不"吗？其实我私底下还有另一个理由，我有点怕吃东西，不管热的冷的，到了嗓子眼儿一律会将我刺痛，忍着疼痛下咽，毫无果腹的快感，不如饿着。所以在步行街，我听到肚子里打雷，尽管餐馆在几步路外，一抬腿就到了，我还是坚决地挺住了。

老婆为儿子挑了一套运动衫后，自己也开始试衣服。我明白周末马拉松基本上进入了最后的冲刺。我坐在服装店的小板凳上很耐心地等，其间接到赵燕玲打来的电话，你肯定猜到她说什么了。没错，鱼刺怎么样了？赵燕玲是这么说的。好点了，好多了。我回答她，依然感觉到不可言说的甜蜜。老婆试了三件衣服，大约看中了那件最贵的，五百多块啊，老婆自然舍不得买。店主是一个比老婆更老的女人，她一反先前和蔼的笑脸，川剧中的变脸演员一样，换上一副眉毛、眼角、嘴角全部下垂的脸谱。我感觉她是很鄙夷地瞪了我一眼才开始说话的。这套衣服你必须买下，这是高档服装，是不能试的！店主一说话，脸谱就活跃起来。为什么必须买下？奇了怪了，抢钱啊！老婆不甘示弱，反唇相讥。你自己看！不认得字啊？高档服装，请勿试穿！店主翻出那套衣服上挂的纸牌，果然是白纸黑字。但这能证明什么？我老婆厉声说：我没看见！我试的时候，你怎么不说？现在轮到我老婆瞪我了。我知道老婆遇到了麻烦，希望我站出来援助。可这女人们的事……我的喉咙……我说什么！我觉得她们都有道理。我嗫嚅着，想打个圆场，最终我屁股也没有动一下，我的喉咙疼，我的肚子饿，我烦躁地看着大街，等待她们吵闹完毕，再回家吃饭。

可是麻烦大了，一个要卖，一个不买，两个女人就在店里扯了起来,动起了手脚。她们推推搡搡地到了我的跟前,店主好像是故意说给我听:没钱就不要试高档服装,摸都不要摸,进都不要进来!女人狠狠地啄了我一眼,继续说,还挺像那么回事的,都像你们这样过干瘾,我这衣服还能卖啊?我听得出店主在激怒我,在煽动我,她是铁了心要从我这里下手撬出五百块钱来,再把那套不知值几块钱的东西塞给我们。我本来想买,但你这态度,我偏不买了!我老婆横着来,她刁蛮起来也有一套。店主就全身发颤了,她们的手几乎是在我头顶上指来划去,袖子也蹭到我的头发上,两个女人鼓起的肚腩,在衣服里面起伏。我吞咽了一下唾液,漠然地站起来,径直离开了服装店和正纠缠不清的两个女人。

我在服装店五米外的拐角处抽烟,才抽三口,我老婆就摆脱那个女人出来了。但她把对那个女人的敌意与愤怒指向了我。她根本不和我说话,从我身边经过,余光都没扫我一下。我就像她这辆大卡车的一个拖厢,随着她的方向拧转了身子,跟在背后一声不吭地向前滑行。

每次和赵燕玲见面,她的第一句话总是问鱼刺怎么样了?这个时候,我觉得卡了鱼刺是多么的幸福。我或者我的鱼刺被她惦记着,这着实是件暖心窝子的事儿。因为鱼刺,我和赵燕玲之间迅速升温,她也不再那样矜持,在我面前大胆地把鱼刺放到了她的心里,对鱼刺问题倾注了她的全部精力与爱情。她甚至向我表白,我沧桑深沉的样子,使她迷恋。你的家庭生活不太愉快吧?赵燕玲曾这么追问。这个问题我倒没有想过,在我看来生活就是那样过日子,卡了鱼刺以后,我才发现生活可以这样甜蜜与多彩一些。

我和赵燕玲又相互吃了几回唾液,时间最长的一次大约有五分钟,我发现她的身体渐渐主动起来,她也想创造用唾液来软化我喉咙里鱼刺的神话。吞吃赵燕玲的唾液时,我的嗓子不疼。

我突然沉默寡言,公司的人很诧异,一致认为我遭受了什么打击。我说我身体不舒服,说不上哪里不舒服。我有点毛病,但也说不上是毛病。反正四十岁的男人让鱼刺卡了,是件丢人的小事。这只属于我和赵燕玲的秘密,于是我们之间又多了点心照不宣的快乐与默契。

对于我的反常,石经理借商谈工作之名,找我谈话。谈来谈去,核心的问题就是我的工作热情大大地降低了,活动的组织工作开展得缓慢,手头边的几件事办得不得力,最后石经理一个急转弯,压低了嗓门,说:家里闹矛盾了?我连连摆手,用同样低沉的嗓音很艰难地回答:没有。石经理不高兴了,进一步说:我是以朋友的身份关心你。我连连点头,用手捏了捏嗓子,说不出话。这样就使我显得傲慢,尽管石经理比我年轻,坐的椅子比我高,石经理还是挺了挺腰,清了一下嗓子,严肃地说:最好不要把情绪带到工作中来。我连连摇头,皱着眉头又说了两个字:没有。石经理的脸就沉了下来,客气地把我请出了他的办公室。

问题有点复杂了,我突然意识到,我不能再这么下去,为了这根刺,我必须去医院排队候诊、缴费,郑重地告诉医生关于这小东西给我带来的生存危机。第六天上午,我去了离办公室不远的一个小诊所。我之所以去小诊所,主要是人少,省时。我随便拦住穿白大褂的小伙子问:鱼刺,看哪个科?小伙子的表情很奇怪,但他立即明白了,说:我们这儿只有牙科,你去看看或许可以。小伙的手指向走廊深处。在逼仄的走廊里拐个弯,我才明白这个诊所其实是一个四室两厅的套间。门是开着的，看上去像卧室，垂挂的白布门帘上印着一弯月牙形状的小红字，托盛着"牙科"那两个巨大的红字。我掀起门帘把脑袋探进去，发现里面还有一间，就把腿迈了过去，往里走五小步，于是看到了牙科医生正用什么东西在患者的嘴里捣腾。

你有什么问题？略胖的那个女医生打断我继续探头探脑的神色。

鱼刺，鱼刺。我的嗓子有点沙哑，一边说一边用两个手指捏着喉咙。

噢？什么时候卡的？

五六天前。

哦，那太晚了。

啊？

你要是卡了就马上来，我们有办法。但现在已经进入喉咙底部了。你可能得上大医院的五官科。

哦。那我不看，过几天自然会好？

身体是自己的，郑重点。

女医生的语气让我觉得事情严重了。我惶惶不安地转至市人民医院，到处是人，计价处排了长龙，缴费处排了长龙，取药处也排了长龙，好像忽然间全世界人都有毛病了。在五官科诊室，我好不容易等到前一个屁股站起来，迅速地把屁股压上热板凳，满怀虔诚地坐在披白大褂的老头儿面前。老头儿问了我一些近几天对于鱼刺的体会和心得，我觉得他像个记者，问得很细，也很关键。一边记录，嘴里"嗯啊"有声，不一会儿就领我进到里面的小房间。他手持一块钢板条，像煤矿工人似的戴着探照灯帽，说：张大嘴巴，啊——啊——啊。灯泡很亮，老头儿的眼睛混浊，我的牙齿发酸。我张大嘴发不出声音，紧接着舌头感觉到钢板条的冰冷和灯光的温暖。

未见鱼刺，有些许糜烂，估计吃点消炎药，睡一晚就好了。老头儿咬文嚼字，握笔的姿势很怪，挺认真地龙飞凤舞，完了把处方单递给我。睡一晚就好了。这是老头儿说的，老头儿是个医生，医生说得不会错，至少不会像我老婆和赵燕玲这俩娘儿们的话那样不可靠。老头儿把钢条从我嘴里抽出来，我确实一下子舒服了，我早该来看这个老头儿，早该来的。坐上回办公室的公交车，我真的很舒畅，我还哼起了流行歌曲，脱口而出的竟是一曲《舞女》。我欣赏着路边的风景。公交车经过一个高档时装店时，我看见一个女人，站在红裙模特与黑裙模特的空隙里，她似乎在等着试衣服。随着车的前行，我回过头时角度有了变化，于是我看到黑衣模特后面，一个穿咖啡色夹克衫的男人，伸手拧了一下那个女人的脸蛋，模特弯曲的手臂挡住了男人的脸，我看不清他的样子，接着再一晃，就什么也看不见了。那个女人，很像我老婆。但是，我老婆不可能上这么高档的时装店。

我没想到麻烦在等着我。刚进办公室，赵燕玲就紧张兮兮地对我说：石经理找你，找你好几回了！我才发现我已经出去了整整一个上午。找我什么事，找我干吗不打我手机？我自言自语，匆匆喝了一口水，就马不停蹄地去石经理办公室。石经理没在，一小时后，石经理才坐在他办公室的大班椅上，他的咖啡色夹克衫笔挺挺的。石经理慢条斯理地看着我，并不说具体找我干什么，只是把办公室要办的事情重复提了一下，然后拐弯抹角地问起我上午的行踪。

我去了医院。

谁生病了？

我身体不舒服。

什么毛病？

医生说，没什么毛病。

什么话！当我是白痴啊！石经理把脸拉下，身体立了起来。

我，我说的是实话。石经理，你，不要这么想。我也连忙起立。

可是晚了，石经理已经确认我把他当做白痴，他不会接受我的任何解释，即便是我现在张开嘴让他看我喉咙里的糜烂，告诉他鱼刺的事情，他也会觉得我只是想把他当白痴再摆弄一次。更何况老头儿已经断定没有鱼刺了，他已经成了鱼刺事件的同谋。我很想对石经理掏心窝子说说心里话，可我一直讨厌这个人，他从来不当我是个办公室主任，我觉得他没有理由做我的领导。现在鱼刺没有了，事情也应该结束了，再说什么都是废话。我的屁股随着石经理的屁股起落。石经理在接电话，我无聊地将手指蜷曲、伸直，煞有其事地东张西望。石经理的书橱里新添了古玩和石头之类的东西，窗边自由女神形体的落地钟不会比我矮。公司只有十来个人，像赵燕玲这样的临时工还占了五个，我好歹算端稳了饭碗拿稳了收入的。石经理的电话讲得不紧不慢，是哪个地方邀请他吃晚饭，他在努力解释不能去的原因。我忍耐着石经理的虚伪，无聊地将手指伸直、蜷曲。

你还有什么事？石经理接完电话闷头就来这么一句。

我……我？我霍地站起来。与其说是惶恐，不如说是愤怒。我的手指蜷曲、伸直、伸直、蜷曲，我真想握紧拳头狠狠地往办公桌上砸那么一下，我还要骂一句"狗日的"。可我忽然感觉鱼刺从嗓子眼儿里冒出来，很不客气地顶了我一下。

妈的! 我手指捏着脖子。

你骂我? 石经理眯缝着眼睛。

我? 我没有骂你。我说。我是在心里骂医院那老头儿, 鱼刺明明在, 他却说未见鱼刺, 我到底骂出声音没有, 我不知道。

与服装店女老板发生纠纷后, 老婆彻底把我打入冷宫, 儿子也目睹了我当时逃避的软弱行为, 自觉站到与我对立的战线上, 表示轻蔑。当然, 儿子还有儿子的理由, 他认为我对他漠不关心了。那次游玩回来, 我并没有吃到老婆丰盛的晚餐, 倒是狠狠闹了一回。老婆认为我表现得很不男人, 而且还很外人, 眼看着别人欺负自己的老婆, 居然扔下她不管, 让她孤军作战。老婆声色俱厉, 几乎是一笔勾销了我对家庭的辛苦奉献。我说: 我走了, 问题不是解决得更快吗? 我在那里才是个麻烦。再说, 我嗓子的确很痛, 说不出话。老婆把眼翻得很白, 刻毒地说: 别又拿什么鱼刺作借口, 废物! 我知道老婆指桑骂槐, 她忍受不了一个活男人睡在身边像个死人, 像个死人还好吧, 我还会呼吸, 我这些天起不来, 除了阳痿还会是什么。被自己的老婆骂作阳痿, 这跟我喉咙里卡的鱼刺一样, 令我难受。我甩了她一巴掌, 很响亮, 她像头雌虎怒吼着扑向我, 一边用尖利的指尖抠我, 一边涕泪横飞: 别以为老子真的不知道, 兔子还不吃窝边草, 你这老不要脸的, 却在办公室里乱搞!

一瞬间, 我和老婆都震住了, 我们的打闹有片刻的冷场。我觉得我该表现一个态度, 我抓着她的两条手臂, 摇着嚷着: 什么! 你说什么? 我提起她, 扔稻草一样往床上甩去。"哐当"一声, 我们的高低床塌了方。老婆就势趴在垮了一头的床上号啕大哭起来。听谁胡说八道的? 啊? 说呀, 说呀! 我又扯起她，把她的脸拧到亮处，好像她脸上会有答案。但是紧接着我颓丧地放下她，我嗓子疼，我演不下去了。我是有点理亏，老婆说得没错，我是在搞窝边草赵燕玲，虽然直到现在还没搞成，只不过相互吃了几回唾液。此事天知道，地知道，我知道，赵燕玲知道，老婆她又怎么能知道？

我把老婆提起来，说：到外面哭去，我把床修整一下。老婆狠狠地摔掉我的手，跑进儿子的房间，"砰"地关上了门。这张被我们折腾了好几年的床，就这样垮了，我忽然想笑。我其实已经笑了，笑得摇头晃脑。我掀起床单，把它们抱到一边，再掀起席梦思，才发现其实床的架子早松散了，加上刚才的一记力量，就彻底散了架。不知道是我和老婆折腾得太厉害了，还是这床质量不行。床底下积了些垃圾，除了死蚊子、死蟑螂和避孕套壳外，还有我那一只突然失踪的袜子。于是我喊了声"老婆"，老婆不吭声，我只有自己打扫。我扫完以上列举的东东，还扫出一张名片：自来水公司，经理，石桐。我纳闷，石经理给过我名片没有？我想不起来。

因为老头儿那句"睡一晚就好了"，我有了一个充满希冀的不同寻常的夜晚。吃完消炎药，喝点水，静静地看了一会儿电视。没有人和我争频道，老婆被我甩了巴掌后，好像终于找到了离家的理由，她几乎是并不伤心地捡个包裹就走了，我猜她是回乡下娘家消愁解闷去了吧。儿子把自己关在房间里不出来，我敲门，他也不理。我懒得管他，心想：过了这一晚，什么都好了。大约十点钟，我就睡了，提前进入"睡一晚"的状态，就可以早一点脱离鱼刺的折腾。说实话，鱼刺到底还在不在，我也搞不清楚了，或者是我失去了感觉它的细腻与准确，或者它真的成了软刺。有时候，似乎还有点东西堵在那里，仔细一琢磨，似乎又没有什么。

早上醒来，我的第一个反应就是鱼刺。干着嗓子，我吞咽一下，再吞咽一下，刺还在！清清楚楚地在，好像是有一截断在了肉里。我绝望地翻身坐起来，又连续吞咽两下，这回说不清感觉了，只觉得嗓子里某个部位有点疼，怎么也找不到刺的位置。又是一个骗局！我怒气上来了，到办公室露了一下脸，又急匆匆地赶到人民医院五官科找老头儿去了，好像我卡鱼刺一事，老头儿有不可推卸的责任。

老头儿花了双倍于上次的时间检查，还是得出一个结论：未见鱼刺。不可能吧，我知道它在喉咙里。来医院看病，你得相信医生，相信医学。老头儿很有耐心。我只相信鱼刺还卡在我喉咙里。你真查不出来？我有点讨厌老头儿这样半死不活地说话。老头的语气像电脑录制的，我看你老花眼了吧，你或许该退休了。我尽量压抑着不发火。建议你看看别的病。老头儿还很阴损。你再说一遍来听听？未见鱼刺，建议你看看别的病。老头儿还挺倔。我有点控制不住情绪，拳头就那么对准老头儿的脸伸了出去，我自己都惊讶了。我看见老头儿连椅子一起跌翻，嘴角溢出血丝，半天爬不起来。

一路上，我的拳头都是紧攥着的。从人们诧异的目光，我揣测我的脸上可能写着愤怒。我不理会这些东西，如果我只能一直听任这根鱼刺的折腾，我就完蛋了，我不知道我该怎么办。回到办公室，赵燕玲说石经理在办公室等我。我一声不吭，绕过赵燕玲白嫩的脸蛋，带着坚决的速度疾步走进石经理办公室。

找我什么事情？我把我的瘦脸拉长了，逼近了石经理。石经理在我面前的威严已经像"睡一晚就好了"一样，彻底破碎。睡很多晚了，我还是这样活着，鱼刺还在，老婆离家出走，仍然只能和赵燕玲互吃唾液，我决定与石经理和鱼刺斗争到底。下午开会你知道了吧！石经理叩着烟灰。我不知道。我很严肃地说。哦，你没在办公室。是这样，下午讨论办公室主任人选，你参加一下，就这件事。石经理把烟掐了。

我站在喉咙里，喉咙像空荡荡的隧道，或者自然岩洞，我听见暗水流动的声音。我看见那根刺，像树生长于土壤一样，紧紧地扎根在我喉咙的一壁，我拔出了它，它的根须像赵燕玲的头发一样茂盛。后来，我又幻想我把手伸到喉咙里，很轻巧地捏出了那根鱼刺。我痛快地看这根折磨我的家伙，它应该像头发一样细，用唾液就能黏住，也像蚊子的嘴，能硬起来插进毛孔吸血。它软的时候，不知它躲在哪里；它硬起来，又让我恨不得挠破嗓门。就是这么一根忽软忽硬的东西，把我的生活搞得一团糟。我也是软的，卡了鱼刺以后，我想都没想过要硬起来。我在老婆面前硬不起来，在石经理面前硬不起来，在赵燕玲面前不敢硬起来。我就这么软乎乎地，巴望"睡一晚就好了"，现在我知道，那都是放屁。从卡鱼刺开始，我没有了吃鱼的欲望，我已经不吃鱼了，我不吃鱼不是个问题，问题是，我不吃鱼，解决不了已经卡了鱼刺的问题；我不吃鱼，我不能阻止别人吃鱼。

下班回家，老婆已经在家里晃动，似乎是刚到家，正在把衣服从包里往外拎。老婆休闲得可以，神色坦然，气色也不错。鱼刺好了吧！老婆冷冷地说。没等我回答，老婆又指了指沙发，咱们谈谈。你，到哪里去了？我不能确信老婆回了娘家。离婚吧，我想好了。老婆并不理会我的疑问，好像她和我已经没有关系了。你要闹成什么样子，别吓唬人了。我哈哈大笑，老婆要离婚，她哪里有那个底气。谁跟你闹！老婆摸出一张纸，啪地往茶几上一拍。我捏起来一看，是份离婚协议，协议只有两条，一是儿子跟她；二是房子归她，其他一概不要。我愣了，除了儿子和房子，我还有什么！我手指捏着脖子，喉咙里发出鸽子一样的声音。

2002.6.25沈阳

上　坟

农历十二月二十四，小年。上坟烧香放鞭炮，拜祭已故亲人，村里俗称"送亮"。

黄昏。冬雨稀疏，若有若无，村庄的颜色被烟熏过似的，昏昧不明。

一小绺乱发贴紧面颊，发梢落在唇边，眉睫染了雨雾，手中紧握红烛和鞭炮，一团玫瑰色彩在黄昏里跳动，少女吕玉正穿过橘园，往姥姥的坟地走去。

老黑狗皮毛黑得沁人，仿佛水里石头上滑溜的绿毛。黑狗走在吕玉前头，满脸哲学，尾巴低垂，偶尔回头看一眼吕玉，眼睛翻动间，白光闪现。这条快成精的老黑狗，与十五岁的吕玉一样大。

姥姥（按当地习俗，姥姥是爷爷母亲的称谓）在爷爷四岁那年患乳腺癌去世，爷爷记不得姥姥的坟，爷爷的下一代，更是摸不着边。也不知从哪一年开始，橘园那个坟，就成了姥姥的。总之，每年往这坟头"送亮"的习惯延续下来，久而久之，每一个人都认定，坟里躺着的，就是吕玉的姥姥。

坟，已无坟样，只是一堆荒土。坟头荒草凌乱，枯枝错乱横陈。旧年的蜡烛梗、破碎布块、老鼠尸体、蔬菜的枯藤、塑料袋散遍其中；又因年久失修，裸露黄土，东塌一块，西裂一片，褐色棺材腐木探出坟面半尺多长，露出一个碗大的黑洞，黑咕隆咚，神秘异常。

吕玉怕这个黑洞，但那黑洞的神秘，总诱惑她去看几眼。

站在坟顶，透过匝密的橘树尖，吕玉能看到自家的青瓦屋檐，向北的小木格子窗户，那是她的房间。

天又暗了一格。

"送亮"的鞭炮声开了锅。

吕玉把蜡烛插进泥土，"嚓"地划亮火柴。蜡烛燃了，烛光照亮一张清秀的脸庞。

北风吹来，细雨扑向吕玉的脸，冰凉。吕玉跪着胡乱磕了三个头，拆开千响鞭炮，就着蜡烛把鞭炮点了，鞭炮迅速炸响，吕玉慌乱一甩，鞭炮进入黑洞，响声嗡嗡压抑着，黑洞里立刻冒出一股青烟，仿佛随时会幻化出某种魔形。

约十五秒光景，烟散尽。蜡烛正亮。吕玉拍拍双膝，扫一眼黑洞，走下坟堆。

吕玉走出五米远，只觉有股强风从背后一推，并听见一声重叹。吕玉稳住脚步，回头一望，只见坟头蜡烛已灭，雨雾朦胧，坟的形状似蜷卧的狗。

天，又暗了一格。

吕玉打了个冷颤，一股冷气从脚后跟蹿到脊梁骨，传至指尖，连牙齿也酸了。

吕玉的初恋，由七天激烈的心跳、片刻毫不知情的吻组成。

那年吕玉才十三岁。

正月初二，邻居徐大爷去世，其远方的儿子携家眷归来奔丧。

吕玉的初恋徐鹏，死者的孙子，他披麻戴孝的装扮让吕玉着迷。

徐家显赫，丧事办得极为隆重，请了十个法师，做足七天七夜的"道场"，还有京剧团和湖南花鼓戏剧团的大班人马，咿咿呀呀地唱了多出大戏。

丧事变成了盛大节日。方圆几十里之乡人，都趋之若鹜。做小生意的手忙脚乱，孩子们调皮捣蛋，年轻男女们则寻找花前月下的美妙。正月里正是闲季，所以夜以继日，摩肩接踵，玩耍的玩耍，看戏的看戏，唱道场的唱道场。那哭丧的，哭一阵停一阵，也如表演般，登台谢幕，反反复复。场面如数条小溪各自奔流，终又百川纳海，汇成热火朝天的景象。

如此盛况，吕玉生来第一次见。

徐鹏披麻戴孝，白色孝布在头顶绕了一圈，到脑后散开，从背后一直垂到脚跟。他原本书生味儿十足，戴孝使他复添几分英武剑气。吕玉当时正对《佐罗》入迷，看见徐鹏，便觉体内有东西醒了，它们撞击着她，变成暖流，和着血液，向身体的四面八方覆盖。

吕玉懵懵懂懂，恍恍惚惚，悄悄把徐鹏的身影装在视线里，如看鱼游水中，鸟飞天空，花开风里，十分美妙。

下半夜，只有冥乐不停。

窗外有风。

木格子窗有塑料挡风。风一吹一吸，塑料一鼓一瘪，啪啪有声。偶尔有东西落在地上，发出难以辨认的声响，大约是树上残留的苦枣或者断枝。夜鸟在枯枝间扇动翅膀，发出一声怪叫。

关了昏黄的台灯，夜色残存。

黑暗中，吕玉枕着手臂，毫无睡意，眼望那一小窗微亮，在心里画写徐鹏的模样。

吕玉眨眼间，似乎看见窗外有影子闪过。

徐鹏在脑海里英姿勃勃，吕玉睡不宁，想见他，便穿上衣服，去了。

晒谷坪里，法师似睡非睡，口齿不清地哼唱。几支昏烛在堂屋里摇曳，花圈、棺材、灵牌、遗像，隐约如魅影，如在水中。

吕玉似乎被糊住了，立着没动，表情呆滞，仿佛魂魄不在。

堂屋的昏昧色彩凝成一个人，人从昏昧里分裂出来，变成影子，影子一闪一飘，尾巴拖得很长，如幽灵紧随。

"进屋吧，外面太冷。"徐鹏好听的口音。

"呵，你没睡呀！"吕玉打出一个喷嚏，人又灵泛了。

"今晚，我为爷爷守灵。"徐鹏微笑。

吕玉随他进堂屋。徐鹏没有穿孝服，背影挺拔。

阴暗的霉味、新布的蜡染味儿、河面的腥风、灵牌前燃烧的香及蜡烛，构成屋子里弥漫的死亡气味。棺材没有合盖，长命灯照着死者的苍白遗容，纵横沟壑。

死人的眼睛忽地张开。吕玉被自己的幻觉所吓，倒退几步。

"别害怕。"徐鹏有齐整的牙齿和长形酒窝。

"不怕。我和你一起守灵吧。"吕玉说。

徐鹏笑了。吕玉见他眼睛里凝聚了一盏烛光，在昏黄的灯光中，那亮色竟与黑狗眼里的白点相似。吕玉打了一个冷战。

两人靠着大花圈坐着，衣衫与花花绿绿的皱纸磨出婆娑声响，花圈上贴了许多白纸黑字的挽联。吕玉看着眼前的灵柩、烛光，听做"道场"的调子如香烟缭绕，只觉得一切渐渐远离，模糊，她与徐鹏随着黑夜沉去，她歪了头，睡了。

突然，吕玉掉进了一个巨大的黑洞，急剧地下坠，飘浮，被一声沉重的叹息追赶，茫茫黑暗中，人影全无。她极度恐惧，奋力奔跑……终于靠在温软的草垛上。有毛茸茸的东西往脸上凑，好像是老黑狗，很温暖。草垛里传来一声叹息，再看，却是姥姥的坟头，碗大的黑洞变幻成无边黑暗。

吕玉猛地醒了。发现自己紧贴着徐鹏的脸。她明白他吻了她，混合着恐惧的甜蜜、羞涩使她芳心狂跳。

不远的天空绽开烟花，像降落彩色的流星雨。

徐鹏葬于吕玉的心上，音讯全无。

事隔两年，吕玉还不能忘记。

吕玉家居处很是偏僻，占地面积广，仅后园橘林便有四五亩。橘树长了多年了，枝繁叶茂，幽静，也有点阴冷。吕玉十岁时，父亲病逝，与母亲相依为命。母亲在橘园辟出一块空地，用来种菜。她几乎是橘园里唯一的活物。

有人说，吕玉家阴气太重。房子隐建于橘林之中，橘树高过窗户，室内光线不太明朗。尤其是吕玉向北的房间，依赖那一扇木格子窗户采光，一年四季无阳光，房间潮湿阴冷，墙壁色彩晦暗，里面陈设简单，床、桌、柜，都是清朝的新娘姥姥留下来的，呈暗红色，整个色调阴郁，偶尔来几个同学，房间里才有些明媚。自吕玉去十里外的县城上中学后，这房间便长期无人涉足，更有一种说不出的寂寞阴森。

小年前夜。

这个寒假，吕玉变了模样。身高增至一米六五，身段苗条柔韧，出落得标致异常。其次是变得寡语少言，逢人多以笑作答，忽然间载了许多愁似的，长时间躲在房子里不出门。吕玉这个人，沾了房间的阴气，散发一种叫人说不出来的阴郁。

有人说她：眉毛低，阴气重，走路看得见鬼。

学校宿舍太闹，吕玉分外珍惜这拧得出水来的安静。

又有人说：晚间照镜子，吹口哨，亮孤灯会招鬼。吕玉不信邪说，每晚看书至深夜。

南方的冬天，棉被又冷又硬又潮。吕玉将棉被放入火箱烤热了，再拿回床上，脱衣睡觉。睡觉前，从枕头下摸出小镜子，看自己躺着的模样。从额头、眉毛、眼睛、鼻尖、嘴唇、耳朵，每一处都看仔细，看意足了，才懒懒地伸出手臂，关了台灯。

被子上面有东西压过来，由脚底渐渐往上，吕玉清楚地感觉那个东西的重量，她想把腿抽出来，却动不得。那东西从大腿碾到腹部，逼至胸腔时，吕玉已觉有些窒息。她奋力挣扎，似在做梦。她无法动弹，所压之处知觉全无。她恐惧地呼喊隔壁的母亲，又不能发出任何声音，手触到毛茸茸的东西。她拼命地搏斗，歇斯底里地狂喊，好比溺水之人，在水底与紧缠双腿的野草撕扯，绝望地求生。她只想开灯，意念中，手一遍又一遍地去扯开关，始终是在黑暗中。

不知折腾了多久，灯"啪"地亮了！吕玉惊魂未定，坐起来，满头大汗。

她甚至不知道，灯是不是自己开的。

这个寒假回来，吕玉总遇到这样的情况。

吕玉不敢睡，又不愿惊动母亲，亮着灯看书，直到天亮才开始迷糊。

白天有如劫难后的虚假太平。冬天总是阴沉沉的，全村都被淡墨浸染了，透着昏暗压抑的亮光。吕玉身着黑色风衣，在橘园穿梭，她走过每一棵橘树，走遍橘园的每个角落。

橘园尽头是长堤。堤脚枯柳成行，披头散发。目光沿坡而上，到了堤面。再翻过长堤，便是一条河，绵延了多少年的一条兰溪河，如练带柔韧飞旋。

堤上三两行人来往，阒寂无声。

有个影子如鸟，落在吕玉的视线内，让时光一下子倒退到两年前。

徐鹏正朝吕玉挥手。吕玉欣喜万分。她抄近路，知道姥姥的坟墓后面，有一条野径，跨过干涸的沟壑，便可爬上堤坡，整个时间不超过两分钟。

吕玉经过坟头，眼光扫见黑洞，比先前更大，有脱落的新土滚到了坟脚。吕玉似乎又听到一声重叹，心里发毛。紧接着，坟的另一边倏地蹿出一团黑色东西，吕玉吓得腿脚打软。

老黑狗一身泥土，白眼一翻，消失在橘园里。

吕玉与徐鹏下了堤。

河床平坦，河水泛着冷绿。透过清澈水波，可以看见河底的碎石，小个儿的蚌，捣衣女遗落的袜子、拖鞋，都爬满了绿苔。一些生活的细小情节，沉淀在水里，又浮现在眼里。

漫步河滩，河风不大，只是轻轻撩动风衣一角，添些动感。

"你长高了，当然，更好看了。"徐鹏取下羊绒灰格子围巾，给吕玉围上。

"你读大三了吧。什么时候回来的呢？"吕玉感觉围巾的温度与徐鹏的气息。

"上午。在堤上逛了几回了，总算看到了你。你怎么从橘园坟墓那边钻出来？"长形酒窝出现在徐鹏的脸上。

"那条路近。差点没认出来是你。"吕玉狡黠地笑。

"靠北那个小窗户，是你的房间吗？"

吕玉"嗯"了一声。徐鹏不吱声了。

"想什么呢？"

"想晚上在你窗前歌唱，像个浪漫的诗人。"

"千万不要。我妈会以为是鬼。"

"记得守灵夜吗？告诉你一个秘密，我梦到我爷爷叫我娶你。"

"骗人。"

"真的! 骗你我是你家大黑狗!"

"回去吧! 我要给我姥姥'送亮'去了。"

母亲已经睡了。

风飕飕地,像只土拨鼠在橘园里穿梭。屋内木炭火烧得正旺。吕玉又翻阅着《聊斋志异》,细品慢嚼,看妖狐鬼怪,联想到自己晚上的噩梦,又觉得寒意四起。

窗户似乎有异样的声响,仔细听,什么也没有,一时竟不知置身书里书外。

吕玉摇摇头,说道:"冬夜读《聊斋》,处处是鬼声啊。"

窗户又发出声响。吕玉听清了,是被手指弹击的声音,紧接着有人低声喊道:"吕玉,吕玉,是我,徐鹏。"

"啊!"吕玉开了门。

徐鹏夹着一股冷风卷进屋子里。

"你……我……我们……这……"吕玉紧张兴奋。

屋外的风呜咽了。

"我不敢肯定这是你的房间,侦察了五分钟左右。我……吕玉……"

吕玉紧张地"嘘"了一声,把他扯到火炉边坐下,心中慌乱。

只闻呼吸吞吐。徐鹏把手指关节压得噼啪作响。

"今晚,我想与你就这样,像两年前为我爷爷守灵一样。"

"我……这不一样……我们……"

"我只是想和你待在一起。"

"两年了,你一点消息都没有。"

"我，想过给你写信。你那么小，怕你不懂。"

"我一直记得你。"

"我也是。"

两人又不说话了。

墙上两个身影。长发，短发，半尺远的距离。静静的，影子没动。鼻尖在说话，睫毛不安地颤动，心跳如鼓。

大黑狗在门外嗅，用爪子挠门。

"我家的老黑狗。两年前你看到过的。"

"嗯。很冷酷呢。让它进来？"

"它要是冲你吠，会把母亲弄醒。我从未听它叫过。它有点怪。"吕玉补充。

"可能是哑巴。人也有残疾的。"徐鹏说。

枯坐。各自不安地翻看自己的手。吕玉拨动炭火，炭已燃尽。

徐鹏突然握住吕玉的手，炉火将他的手烤得异常温暖。

他把吕玉的手贴在他的酒窝上。

"有些冷，怎么办。"吕玉轻声得自己都听不见。

"让我就这样温暖你。"徐鹏抱紧吕玉。

"会冻感冒的。"吕玉说。

"那去被子里。"

"把灯关了。"

吕玉不知道徐鹏要将她怎么样，她只知道配合他的调拨，像颗算珠，任他加减乘除。

最后，徐鹏发出一声重叹。

吕玉想起姥姥坟头传出的声音。

窗外，一点微光骤明骤灭，如传说中的磷火。紧接着，有影子一闪，像守灵夜的徐鹏，从灵堂飘向吕玉。

吕玉将徐鹏抱紧。

十五年前，也就是一九八六年，吕玉的母亲在坟头边松了几块土，种下南瓜。夏天，南瓜苗满坟头爬，到秋天还不断地开花结果。坟山是种瓜果的好地方。种菜的女人们都这么说。所有的坟头，春夏被青藤覆盖，秋冬遭枯草淹没，人踏出的小径清晰可见。

这一年，吕玉的母亲腆着大肚子，上坟头摘秋南瓜，忽觉腹痛难忍，动弹不得。十分钟后，才恢复正常。下坟时，她在泛黄的南瓜叶中，发现一条奄奄一息的小黑狗，它身旁是一个比老鼠洞稍大的黑窟窿和露出土面的丁点儿朽木。

当天夜里，吕玉出世。

黑狗自小忧郁，显得少年老成。它总是低着头，看人时翻眼朝上。人往往只能看到它眼里泛白的色彩。黑狗长大后，眼睛隐蔽在黑色的毛色中，总透着阴郁和阅尽沧桑般无谓的冷，深怀敌意。皮毛一直油亮可鉴，如缎子般细滑，保持着不一般的洁净，有一丝不食人间烟火的超然。

它不跟别的狗厮咬。它从不吠叫。

小孩子见到黑狗，害怕，大哭。夜行人遇到冷不丁蹿出来的黑狗，会吓出一身冷汗。再胆小些的，永远绕道而行，绝不再从吕玉家门前经过。来吕玉家的乡邻本来很少，因为黑狗，来者更是寥若晨星。有人说：黑狗阴气太重，是个不祥之物。

站在长堤上望吕玉家，大片橘园深深掩盖着青砖瓦房，僻静若《聊斋》里突然出现的野居，让人怀疑那里面居住着鬼狐精怪。走在橘园的吕玉母亲，也不免让人有美丽妖狐的假想。

黑狗十岁那年，村里发生了一个鬼故事。

小年前几天，大约凌晨一点多，一个女村民打完夜牌，借着朦胧残月，匆匆赶路回家。在长堤上，只见吕玉家的橘园内，有豆大火星一闪，划出一个弧度后，突然熄灭。女村民有点害怕，继续走路，忍不住又回头看了一眼，却见坟头立起一个黑影，旋即如烟般消失。

女村民当即软倒在地。站起来后，便迷路了，在橘园附近绕来绕去，像个梦游神。天亮的时候，女村民才找到回家的路，回到家，面色蜡黄，瘫倒在床，三天三夜没起。女人的丈夫初时以为妻子与人偷情去了，等妻子情绪稳定下来说出原委，才明白妻子中了传说中的"鬼魂阵"。这个鬼魂阵，是很难走出来的，能活着回来，算是命大。

一天凌晨，这位丈夫特意打扮成女人的样子，重复了妻子那晚的行程。经过吕玉家的橘园，他故意放慢脚步。但见吕玉家橘园黑漆漆一片。蓦地，坟头有个黑影一闪。男人即便有备而来，也觉头皮发麻！那黑影在坟头走动。男人壮着胆子，扯着嗓子，喝道："么子鬼！"那黑影倏地一蹿，钻进橘子林。男人看见，原来是吕玉家的黑狗！

妻子死活不信，说："一条狗，不可能站得像人一样高。"

黑狗本来就有点怪异，一时间，又蒙上了一层神秘色彩。人都有点不敢正眼看它了。

大年二十九，老天仍沉闷着脸，不肯开颜一笑。天气虽阴郁黯淡，过年的气氛却并不因此而削减。小孩穿着新衣服到处炫耀，会鸣响的冲天炮如离弦的箭，怪叫一声，在空中爆裂，散出一团青烟，落下，划出一道弧线。农人捕鸡杀鸡，鸡叫声虽带着恐慌，却并不凄惨，它们欢快地扑腾着，渲染着传统的年。宰生猪过年的，更是不同凡响。人的喊叫与猪的号叫混在一起，方圆几里都听得见。屠夫利索地挥起长条刀子，迅速坚定地捅向猪的脖子,热气腾腾的鲜血喷溅而出,汩汩流淌。这时候,主人家便会舀一碗热血,点上蜡烛和香火,祭堂屋的先灵牌位。

大年夜,各坟墓上也"张灯结彩"。为避免风灭蜡烛,都买了彩纸做的灯笼罩着蜡烛,朦朦胧胧的光晕在坟头五彩缤纷。昏冥中,坟头摇曳的烛光,有的零星,有的成片。村里坟墓没有规划,凌乱散布,与村舍窗户的微光相映衬,同时又包围着村舍——村舍窗口的灯,远不如坟头蜡烛繁多。

吕玉家人气很淡,即便每个房间的灯都开了,也只是显得更加空洞,清冷异常。吕玉与母亲尚未等到十二点"关财门"的鞭炮声停息,便各自回房休息了。

吕玉等待徐鹏的到来。

经历了第一次的机械配合与疼痛,后来的几个晚上,经徐鹏彻夜温存与细心调教,吕玉从懵懂无知中醒来,体验到肉体的快慰,前所未有的饥渴,每天都会从体内滋生。

房子里很暖和。折腾了一年的"年",虽然还有零星的鞭炮声远远地传来,但安静了许多。揽镜自照,柔和的灯光下,眉毛、头发、面容,到眼神、韵味,统统镀上令自己陌生的色彩。吕玉对自己笑了一下,有一颗牙齿泛黄。镜子背景里高高的暗色木衣柜看起来漆黑一片,如棺材。

眨眼间,镜子里似乎有什么东西晃过。回头,只有自己的影子映在柜子上。

吕玉怔了半响。

有脚步踩在枯叶上的沙沙声响逼近门口。吕玉知道是徐鹏来了,心里欢喜,打开后门,除了冰冷潮湿的北风,橘园里黑乎乎一片。吕玉头晕眼花,幻现出无数星星点点和淡一块浓一块的黑团。

吕玉失望。忽听橘园一阵窸窣，什么东西以极快的速度急驰而来，转眼一团漆黑滚近吕玉脚下，冲入房间，夹杂一股若有若无的淡香。灯光下，老黑狗眼睛泛着白光，油亮的黑毛冒着森森寒气，未及吕玉缓过神来，又风一样跑了出去，消失在橘园里。

　　人对黑夜有畏惧与憎恶，是因为黑夜吞噬了一切，它把你变成一个盲人，让你的耳朵听见许多东西，眼睛幻化出许多怪象。除了奔跑的黑狗，黑夜里还有什么东西不安分地涌动？

　　大年夜，徐鹏大约不会来了。吕玉打开棉被，被子上的花花朵朵摊了一床。她慢吞吞，若有所思，解衣宽带，迷糊入睡，朦胧中又听得窸窸窣窣的声音。吕玉只当是黑狗，不再理会，却听见窗户发出被弹击的声音，接着听到熟悉的呼叫："吕玉，吕玉，是我，徐鹏。"

　　吕玉偎在徐鹏的怀里，贴着他的脸，握着他的手，一边温暖他，一边怨他。

　　"学会撒娇了？"徐鹏刮了一下吕玉的鼻子，"我心不在焉地陪他们玩牌，着急得很啊！刚才黑乎乎的，在你姥姥坟边摔了一跤。我以后要是对你不好，她肯定会收拾我的。"

　　"瞎说。你要是对我不好，我来收拾你。你身上洒了香水吗？"吕玉嗅他。

　　"你也有你的味道。"徐鹏情不自禁地吻她。他把手伸进自己衣服里试试手的温度，翻身压着吕玉，开始了手的旅程。这只手如春风，吕玉身体如花，逐瓣开放。

　　"你如鱼得水，知道了有水的快乐。"徐鹏调侃她。

　　"你坏死了。"吕玉咬徐鹏的耳朵。

　　"我每天晚上都会来，你不用刻意等我。我喜欢钻到你的梦里要你。"

"我后门不关。你不要再敲窗户了，吓人。"

"等你上完大学，我们就结婚。"

"可我才高二呢。"

"我等你。"

含含糊糊的声音渐渐微弱。先前大海一样涌动的被子也恢复平静，沉入梦乡。

天刚蒙蒙亮，徐鹏经过坟头，越过干涸的沟壑，悄悄地离去。

鞭炮纸屑到处飞扬，被踩进泥里，黏着鞋底。

顺着河滩走，风在背后推搡，行走便有些轻松。河面的水纹一层一层，也被风推搡着滚滚向前，荡漾着清冷与纯洌。枯柳细枝垂拂，傍依着长堤延伸至五里外的小镇。

吕玉去镇里拍了几张照片，徐鹏要把"她"带走，缓解思念的饥渴。

出门走在堤上，连续遇到几个熟人，无一例外地说吕玉面色泛黄，气色不好，是否生病了。吕玉无言以对。所以回来的时候，吕玉下了堤坡，沿着河床走，避免村人无聊的招呼问候。河边景致当然很好，可以随意漫想，用心中炽热的恋情与冷风抗衡。

能听得见河对岸行人的说笑与自行车的铃声。

徐鹏初八回远城。想到这儿，吕玉心里便有揪心的痛。

风舞弄着长发，吕玉的表情扑朔迷离。天空云层低低地压着，永远是暮霭沉沉，昏睡不醒，似乎不发生惊天动地的大事，不会睁眼。

被窝里是家，是天堂。

左等右等，徐鹏总是在吕玉睡着后，悄悄钻进被子里。闻到那股淡淡的香味儿，梦中的吕玉总微笑着呓语，柔软而顺从地奉献自己，被徐鹏疯狂地吞噬。

吕玉喜欢徐鹏在梦中钻进被子里，进入她的身体里。她回味，禁不住笑意。天又暗了一层，飘起了毛毛雨。风追逐，轻烟如雾，贴着河面来回奔跑。仰望堤岸，两岸长堤远近无人。吕玉弱小的身影在低洼处顶风前行。

吕玉已走到了前无村舍后无店的路段，右侧堤坡是大片的坟墓。个别的坟头有蜡烛残迹或鞭炮纸屑，有的还有彩纸灯笼。那些坟头冷冷的，寂寞无色的，想必是孤身野鬼，倍觉凄凉。

浓云低压，阴雨成雾朦胧了视线，倏忽间，仿佛掉进另一个世界。吕玉在这群面向河水的坟墓前放慢了脚步，眼前仿佛有很多灰色的幽灵在空中飞舞。猛抬头，堤上一个熟悉的身影，极似两年前披麻戴孝的徐鹏。吕玉只道是徐鹏来接她了，正欲张嘴呼喊，却发现身影一矮，遁于无形。想必是睫毛太长沾了雨水的缘故。

擦一把眼睛，吕玉有些迷惑。

风更大了，又狠狠地推了吕玉一把，吕玉才急急地赶路。

回到家里，冷汗加雨水，全身已然湿透。房间里烧一炉明火，洗澡更衣，不知是冷是病，吕玉瑟瑟发抖。看着自己搓洗着身体的影子，故意放慢速度，假想着徐鹏的抚摸，开始等待入梦。

夜是栖息的鸟，睡了，却又醒着。风，蛰伏，每一片树叶都停止了抖动。黑夜里仿佛隐匿着无数偷窥的眼神，寒冷悄然而坚决地渗透。间或有独个的鞭炮声响，不惊夜魂，反倒显得脆弱和飘浮，无奈甚或无趣地归于沉寂。

出奇的安宁与平静，是降雪前兆。

母亲去外婆家了,吕玉推说迟些再去,不肯同往,她舍不得与徐鹏相守的最后时光。

不必担心隔墙有耳,夜晚,徐鹏兴奋的叹息与吕玉欢快的呻吟将是自由的;不必嘴咬被角抑制声响,夜晚的一切,将是不设篱笆墙的花园,是痛快与酣畅的。

虚掩的门。

徐鹏在吕玉的梦里穿梭。吕玉回味他的体温、缠绵与柔情。他在黑夜里,创造了一种诡秘销魂的美丽。好多天没见过灯光下或者阳光下的徐鹏,梦幻般虚无,只有指间的余温、唇间的甜蜜、头发衣裳的凌乱及床上的痕迹证明,徐鹏每晚都在她的身边,并且彻夜疯狂。

徐鹏带着淡香而来。吕玉迷醉,黑暗中闭着眼睛,魂游神荡般开始飘浮,慵懒地配合着徐鹏:举臂,脱去上衣,徐鹏尚具冰凉的嘴渐渐侵占每一寸裸露的肌肤;舒展双腿,极缓极坚定地清除所有妨碍。钻进被窝的徐鹏总是光着身体的,好像他只披着白色的斗篷,手轻轻一拂,便全部瓦解。有时他会翻到被上,从吕玉的脚部重重地、慢慢地压上来,不让吕玉有一丝动弹,然后狠命地捉住吕玉的手,用嘴牢牢地堵住吕玉的嘴,像个施虐者,热烈地亲吻。在吕玉窒息挣扎时,忽然放松,再钻进被窝,温柔地给予。

"今天你可以不'退朝'。"轻抚徐鹏脊背,有些潮湿地凉。

"我们再把白天做成黑夜。"徐鹏的唇仍是冰冷。

清晨,堤边传来急促而苍老的狗吠声。吕玉被惊醒。后门是敞开的,徐鹏并没有留下。异样的白色映入眼帘,房间很亮,夜里下了一场大好雪,屋外白得晃眼。吕玉几乎是扑向门边，但觉头重脚轻，猝不及防，摔倒在地。她才发觉嗓子发疼，额头烫手，全身疲乏。

橘树上开满了大朵的雪花，地面上的积雪更厚，雪地只有黑狗留下的深深的脚印，歪歪斜斜地四处扩散。吕玉穿上棉鞋和风衣，在园子里转悠，捧一把新雪，踩一行脚印，划几个大字，或者摇一摇橘树，十分快乐。

姥姥的坟雪白浑圆。雪冢是美丽的，像什么建筑物。黑洞睁着一只独眼，在白雪中赫然夺目。黑洞之大，已能容黑狗出入。

吕玉动手滚了一个雪球，尝试堵住那个黑洞。雪尽泥土现，枯草丛里有褪了色的鞭炮纸屑，洞边几块深红旧色的泥土，如红蜡残迹。吕玉从不曾在洞口点蜡烛，她用食指轻拭，手上便沾了一层淡淡的红色。

"人血？猫在这里咬到耗子了？黑狗捕获了野鸡？"吕玉最怕见血，不由得肌肉一阵发紧。她惊恐地朝黑洞迅速看了一眼，感觉洞里有股回旋的风，冰冷的，欲将人吸卷过去。

吕玉倒抽一口冷气。

这时，长堤上拥挤了一些人，在议论什么，嗡嗡的谈话声音，吕玉听不清内容。仍不断有人朝堤上跑去，有的嘴里还喊着："死人啦，死人啦！"

吕玉心里咯噔一下。她绕出橘园，从大路走上堤岸。

整个正月的气氛，鞭炮是主要的渲染品。拜祭先人、迎宾送客，阔气点的放一串"千字头"；最简单的也会放一挂几秒钟就响完的"电光炮"。要是谁家来了贵宾，"万字头"鞭炮，半小时不绝。

鞭炮声翻滚。

吕玉钻到人群中，想尽量弄清事情的真相。

"今儿早上我打扫房子,听到楼下一阵狗吠声。"居住河边的村民眉飞色舞,激动地发抖,"吕玉家的大黑狗,原来不是哑巴。接着我就看到了死尸。老天!"

　　河面荡着波纹。雪白得耀眼。水边搁浅着一具男尸,浸泡得像发了酵的馒头,苍白里透着乌紫;胀鼓如打足了气、刮光了毛的死猪。脸鼓圆得难以辨认,眼珠子格外突出,立马要迸裂的样子;发黑的舌头咬在齐整的齿缝间;胸前的衣服瘪塌下去,沾有血迹。很明显,死者内脏被掏空了。

　　吕玉一阵猛烈地呕吐,瘫软在雪地里。

　　恍惚中听到人们的议论:"这个样子,至少淹死三天了。"

　　"这条河真邪啊!每年都会死人。"

　　"听说河里有一种鱼,专吃死人的内脏。"

　　"作孽啊!徐鹏,这可怜的孩子。"

　　太阳从云层中迸射出来,蒙盖大地的暗色幕布似是忽然间被谁揭去了,村落舞台霎时光彩夺目、明亮耀眼,仿佛突变的剧情出现崭新而激动人心的画面。白色炊烟升起来,烟囱旁的雪开始缓缓融化,雪水顺着屋檐滴滴答答地滑落。滴答的声音,心律一样的节奏,使这突如其来的事故更显凝滞,气氛更添窒息。

　　吕玉家挤满了人。吕玉高烧四十一度,躺在阴暗中暗红的旧式老床上昏迷不醒。人们低声交谈,躁动不安。

　　阳光照不到北窗,在室外远远地徘徊,把房子的阴影描划在雪地上。雪地只有黑狗和吕玉的脚印。早上,吕玉在橘林深处的雪地写上的"徐鹏",已经化了。

　　开了灯。房间里影影绰绰,都小心翼翼。一钵炭火很快

上 坟　　**129**

烧红。赤脚医生来了，搭脉、用针、开药，皱着眉头说："病得不轻。"他环视房间，朝橘园瞅了几眼，右手大拇指循环点击其他四个手指头，然后紧掐中指，欲言又止，只是莫名其妙地摇头。

一声不太引人注意的闷响从橘园里传来。吕玉发出一声沉重的叹息，蓦地发疯般惊坐起来，低首，眼睛朝上看，眼光有些凶狠的怪异。她面无表情地呓语，宛如他人借她的嘴在那里说话。人问话，吕玉默然不答，眼睛向四面瞧着，浑身发抖。

"那么，你是谁呢……你从哪里来……血……他前天走的……你住在黑暗里……我们是邻居……披上吧披上，好看……大黑不是哑巴……恨谁……我跟你一起……"

吕玉胡言乱语，猛烈地抽搐了一下，又躺下去，闭着眼，睫毛颤动，两行泪水滚了下来。胆大的诧异地看着，胆小的赶紧逃离，恐惧地散布消息："吕玉中邪了。"

更多的人围到了吕玉家，同情与不解的眼光，在阴暗的房子里扫来扫去。有人很有经验地要给她灌煤炭水，被阻止了；有的提议灌大便，把秽气冲出来。偏方千奇百怪，没人明白，吕玉为什么变成这样。

医生再来时，在吕玉家所有的房门上贴上了黄色的纸条，画满了看不懂的红符。吕玉看着"鬼画符"，傻笑，冷冷的眼神充满了不屑与嘲弄，直看得人心里发毛。

徐家也挤满了人。徐鹏的尸体停放在徐家堂屋，蒙裹着一层白布，尚无棺材，暂且搁置在门板上。雪映得屋子里异常白亮。徐鹏的父母正从另外一个城市赶回来。

吕玉开始照镜子，很认真地辨认自己，细致地触摸自己。忽而又握着镜子奔跑，像是追逐镜中的什么东西，满屋子乱转，嘴里不断地念叨："那么，你是谁呢……你从哪里来……

血……他前天走的……你住在黑暗里……我们是邻居……披上吧披上，好看……大黑不是哑巴……恨谁……我跟你一起……我去上坟……"

吕玉真的中了邪。五年前在吕家橘园附近绕了一个通宵的女人及其丈夫，开始琢磨黑狗的事。那个晚上的事像块巨石，长年累月地重压在他们的心头。无论如何，黑狗是幽灵、鬼魅一般飘忽与难以捉摸，极不友善。它十几年不吠一声，面对一具死尸，撕裂了清晨的宁静，全村人都听到了它的狂嗥。亲眼看见黑狗狂吠的只有河边那户人家，她描述黑狗狂吠，前爪腾空，仰着脖子，若嘶鸣的马，它原地转了几个圆圈，撕咬着自己的尾巴，然后撒蹄奔跑不知去向。

黑狗的主要活动场所就是橘园。堤岸上的行人，常能看到穿梭林中的黑色身影。它有时蜷卧坟顶，如一张黑皮。

黑狗一直没有露面。吕玉母亲回来的时候，仍不见黑狗踪影。吕玉母亲确信黑狗被人毒死做了野餐。村里有一群无事的青年，以偷鸡摸狗解馋为乐，更有败德的，杀了狗去集市卖肉，一条狗能卖几十块钱。

狗毕竟只是狗。吕玉的病，才是母亲心里的病。吕玉吃了几回药，却似乎好转了，嚷着要去寻找黑狗，还说黑狗不是哑巴，黑狗在外面很冷。

母亲陪吕玉在橘园里转，不断地叫："大黑，大黑——"母女俩的声音此起彼伏。

残雪如地图一样分布，堤坡上东一块西一块，房子外背阳角落有一大片，橘树下呈现不规则的残雪图形，叶片上还残存着星星点点。

阳光仍是耀眼，橘园明亮起来，橘树叶儿绿得格外清新。冬天的麻雀在枝丫间轻鸣着欢快地跳来跳去。一只大鸟飞过天空，落在不远处参天大树的顶端，与树丫间巢里扑腾飞出的几只鸟结伴新的旅程。

走到坟边，发现坟塌了一大块，忽地低了许多，新泥旧土胡乱地覆盖。先前的黑洞不见了，整个坟像堆积的乱土，黑的黄的，干燥的潮湿的，混在一起。吕玉痴了，围着坟墓转了一圈，又转了一圈。蓦地，她弯下腰，躬着身子，十个手指狂扒泥土，动作迅速而又猛烈，泥土直往身后飞弹，鲜血从她的指间流出来。

母亲上前紧紧抱住了吕玉，哭喊着："我的孩子，你醒醒啊！有什么事跟妈说啊！"

吕玉挣扎着，一阵疯狂。母亲好不容易拉扯吕玉进屋，手让吕玉咬了一个很深的印痕。吃过药，吕玉浑身颤栗，又号啕大哭，半晌才恢复平静，昏睡过去。

外面有多灿烂，屋子里就有多阴冷。

母亲不停地擦眼泪，悲伤。

"好冷。"吕玉哆嗦着醒了，像是被人浇了一盆凉水，头发、衣服、被子，全部湿透。

暮色浸润，房子里泼了淡墨般，窗前微光幽幽，驱散些许阴暗。吕玉睁眼便见床边有个黑影一动不动，条件反射地惊叫一声："妈呀——"

"孩子，醒了？"应答的真是母亲。

"妈妈，吓我一跳，怎么不开灯？妈妈，好冷。"吕玉如梦初醒。

母亲摸索半天，找不到拉扯电灯开关的那条线。台灯按钮也是坏的。母亲嘟囔着："电线老化了，要找电工来修理。"转身弄了蜡烛点燃了。她摸了摸吕玉的额头，烧已退。

吕玉状态很好，母亲阴沉沉的心里有了一缕阳光。

有熟悉的冥乐飘扬，如棉絮一样轻悠、单薄与脆弱。人们已经习惯了它，它是空气，融入了村里。死亡，司空见惯，习以为常。人们管它叫"白喜"事，往往是包个红包，撮一顿了事。村人出些劳力，帮忙做几桌白喜事的盛宴，抬棺材、掘坟、下葬，旁人有节日般的乐趣。

"妈妈，谁家死人了？"烛光摇曳着母女俩的身影。开关电线断了，尚余一小截在开关盒外。吕玉脚踏上凳子接线，漫不经心地问。

"徐大爷的孙子，淹死的。"母亲话音未落，吕玉"咣当"从凳子上跌下来，带过一阵风，扑灭了蜡烛。

"妈妈，好黑啊。我怕。"黑暗中吕玉扑到母亲怀里。

母亲轻抱着吕玉，轻拍着她的背，感觉孩子真的"回来"了，彻底放松地舒了一口气，重新点燃了蜡烛。

"去看一看。妈妈。"吕玉一字一顿。

母亲牵着吕玉，去了徐家。

鞭炮声不时地响起。正月里传统节目——民间"地花鼓"耍起来了。喇叭、笛子、二胡、锣鼓、哨子，各种声音混杂，远远地传入耳朵；近处，一种类似民间乐器"埙"吹奏的冥乐低沉徐缓，水一样浸入心灵，无声地弥漫，似将人悄然割裂，却又紧紧包裹。

已无围观的看客，只有稀稀拉拉几个打理事务的人晃来晃去。站在地坪上，能看见堂屋正中悬挂的遗像，黑白分明。

"我梦到我爷爷让我娶你。等你上完大学，我们就结婚。"

吕玉看到的是死人，耳边是鲜活的声音。

一群人行色匆匆地赶来，直奔堂屋，紧接着爆发出女人悲恸的哭喊："天啊，我的崽啊——"这一声呼喊拉开了吕玉母亲心底的闸门，她仿佛失而复得地抱紧了女儿，不断地抹着眼泪。

吕玉木然地朝堂屋走去，母亲默默地跟随。吕玉并不看死者，却在堂屋的左侧蹲下了。她微笑着，打量着房子里的一切，仿佛其他人并不存在。然后她弯着手指头计算什么，嘴里念念有词："初一，初二，初三……你是谁……披上吧披上，好看……我去上坟……"

春天来了，河水满涨，淹没了河滩；嫩绿点缀着杨柳枝条，堤岸边透迤着新绿的长龙；金黄色的油菜花铺天盖地，村舍仿佛建立在金色土地之上。和煦的阳光快乐地奔跑，催促仍在沉睡中的事物。万物苏醒。然而，吕玉家的橘园，没有一棵开花的橘树。农人吆喝着犁开瑞雪后的田地。春天覆盖冬天，就像犁开的新土翻盖旧泥，抹平所有痕迹，然后淹没在浅水里。这片田地，即将栽下新的作物，开始新的生长、新的收获、新的故事。

吕玉被锁在屋子里。她手指头的指甲已经脱落，指尖粗糙，原来纤葱十指如树枝般干枯短促。由于母亲的疏忽，吕玉总是溜到橘园，用双手狠命挖刨坟土，当母亲发现的时候，吕玉的手在滴血。她坐在自己刨挖的坑里喘着粗气，若无其事地用受伤的手指弯曲着计算："初一，初二，初三……你是谁……你住在黑暗里……我们是邻居……披上吧披上，好看……我去上坟……"

村里要修一条灌溉渠道，必须从橘园穿过去。吕玉母亲趁机提出掘坟移坟之事。胆小的隐知吕玉的失常与这坟有些说不清的关联，怕惹鬼上身，早就躲了。所以掘坟的村民都是天不怕地不怕的壮汉，他们斫伐了一片荆棘，砍倒了一排橘树，在坟上放了一串挺长的鞭炮，开始动坟土。

太阳忽然躲进云层，云聚拢了，要下雨的样子。细碎、腐朽的棺材屑和进泥土，已然成泥。一点一点，小心翼翼地挖，铁锹捣碎了青瓷碗，发出清脆的响声。仍不见骨骸，继续往深里挖。有人一脚踩空，半截身子陷入一个天然黑洞，感觉脚下毛茸茸的柔软。壮汉恁是胆大，也觉双腿冰凉，寒气浸骨，大喊一声："什么东西？"双手攀着泥土慌张地爬了上来。

零碎的白骨旁，赫然一具狗尸——准确地说是一张黑狗皮包裹着骨骼。狗皮有些干燥，眼睛的两个黑洞很大，张着嘴，龇牙咧嘴，如在狂吠。

2002.1沈阳

惜红衣

董葡萄站稳没多久，门口阴了一下，有个男人阔嘴微张，身体一摆，像条鲨鱼游进来，门框产生了波纹，水从两侧退去，显得他皮肉光洁滑溜。鲨鱼的肚子挺得张扬，增加了他作为一个庞然大物的威信，酱紫色T恤纳在深蓝色裤腰里，亮出皮带扣上的鳄鱼商标。这情形很容易让人想到水桶箍，很难说那箍儿是否扣在腰上。

　　"是个老板或者经理。"董葡萄收腹挺胸，脸上浮起一抹浅笑。

　　鲨鱼顺着柜台慢慢地游，很快就游到董葡萄面前，像是谁搬来的一扇门板。董葡萄很吃惊，这种庞大的身体，竟然比秋风下的落叶还要轻盈灵活，似乎在用一双跳芭蕾舞的脚尖走路。男人恰好抬头，发现董葡萄表情奇特，便将小眼眯缩，像是瞄准了，要向董葡萄射击，这使他的嘴看上去又阔了些许。

　　董葡萄一愣，鼻孔里溜入一股浓重的烟味，是从男人的皮肤里散发出来的。他手上的汗毛树苗般生长在毛孔里，因风的梳理朝同一个方向倒伏。

　　"请问您想买哪一款手机？"董葡萄觉得这话不像是她说的，那只长满粗重汗毛的手，似乎还有待进化。

　　男人小眼又是一眯，就像遇到强烈阳光。

　　董葡萄与他素不相识，这令她难为情，尤其是一张阔嘴的笑，使难为情的面积相应扩大。那只毛茸茸的手好像探进了她的心窝，轻重适宜地将心捏握了一下，似乎有汗毛残留喉咙，刺痒令她想吐。董葡萄才十九岁，面色干净，如雨后的水果，眉毛从来没有修剪过，头发也不曾烫染，又黑又直，如修女的头巾披盖，使她看起来十分贞洁。事实上，董葡萄已经与好几个男人相处过，但没有一个能解决她父亲的工作问题。父亲是个钳工，下岗后一直在成都晃悠，这成了董葡萄的心病。

一个同事在为顾客讲解手机功能，声音从董葡萄与鲨鱼嘴中间穿过，身边来往的人如海草拂动，深水底水波微漾，展柜里有十几款三星手机，这些美丽的珊瑚礁，光芒灼人。

男人脑袋凑近玻璃台面，伸出一只敦厚的食指，指向那款价格五千元的手机。

董葡萄手如百爪鱼，伸进柜台钳住那款手机迅速递到男人手中。董葡萄卖手机，根据销售额获得的提成是她主要的工资收入，这就是她每天口干舌燥的原因。明知道别人买手机就如贪心皇帝，后宫佳丽三千，常用的也不过几人，有些功能一辈子也用不上，董葡萄还是一口气说出了手机的二三十种优越功能，与其说她在证明这款手机的超值，不如说是暗示男人识货。

"就买这款，开票吧。"男人说道。男人的拇指同样敦厚，它在键面反复跳跃，如他的身体一样轻灵，从中可以看出他曾经是翩翩少年，也曾清秀挺拔，丝毫不为一身好膘所累。

"真的？"董葡萄一激动，话听起来倒像是劝男人慎重。

"就买这款，开票吧。"男人的话和庞大的体积一样真实。

事实上，男人的重复是多余的。董葡萄根本不需要确认，眨眼间就将写的票据递给男人。

天河北与龙口西交界路口的红灯时间是199秒，手机店前面的道路总有一条车龙。199秒很长，在等待中尤其长，遇到上下班高峰期，可能要等上三个199秒。这时候，董葡萄总是幸灾乐祸，很高兴其间没有一辆车属于自己，倒是乐意认识某个车主，父亲今年都四十二了，他的工作得指望这种有能耐的人。搬运工作好找，董葡萄不愿父亲受苦；当保安员年纪大，用人单位不要，除非上面有领导亲自安排，但董葡萄至今无缘认识领导。

董葡萄懒洋洋地擦拭柜面，睃一眼门口，车挤了一街，人在车丛中穿来穿去。她看见一个中年妇女，长得很像她的母亲，肤色很白，面相和善，穿着也不土气。可惜母亲前些年病逝了，紧接着父亲下岗，和谐的日子竟一去不复返。董葡萄禁不住眼眶一热。前年，为了让弟弟上高中，董葡萄不读书了，来到广州打工。父亲先是愧惜，接着叹息，交代董葡萄，站住脚跟后给他谋个差事。如今董葡萄脚跟是站住了，熟悉了广州，相对小安稳，父亲的工作仍是渺茫。

手机店附近有个大型超市，董葡萄曾去替父亲求职，结果可想而知。后来又找寻了几处地方，都碰了一鼻子灰。有经验的同事告诉董葡萄，找工作的事，难者难，易者易，要有面子，说你行你就行，不行也行；若不脸熟，说你不行就不行，行也不行。

董葡萄想起一个星期前的那条鲨鱼，面目不算可憎，挺出的肚皮可以宽容，眼小聚光，嘴阔吃四方，至于那只长满顺风倒伏汗毛的手，完全可以当宠物来抚摸。董葡萄有少许懊悔，鲨鱼连续三次朝她眯眼瞄准，她都没有挺起胸来当靶子，像他这样的人，理当去主动勾引。如果总是错过这样的机会，父亲的工作就不可能有解决的时候。董葡萄也懊悔没让鲨鱼留下电话，只怪当时部门经理目光炯炯，在旁边游来游去。

经理递给董葡萄一张价格标签，鲨鱼买的那款手机开始降价。董葡萄换好价格牌时，鲨鱼出现了。他阔嘴微张，身体一摆，从门外游进来，门框产生了波纹，水从两侧退去，显得他皮肉光洁滑溜。橙色T恤纳在浅灰色裤腰里，亮出皮带扣上的鳄鱼商标。这情形，董葡萄没有再想到水桶箍，也不管那箍儿是否扣在腰上，只觉得太阳刺穿云雾，眼前一缕强光，心里一暖，根本没察觉自己笑得很开。

鲨鱼娇喘吁吁，额头冒汗，扯开一张阔嘴，好像密实的肉团突然裂开一道豁口，且因嘴唇丰厚，翻卷中显得浮肿。正是这两瓣肿肉间，挤奶般挤出乳汁一样温暖的白色声音，他说手机有毛病，爱死机或者自动关机。

他温驯得像个病人，坐在柜台前的转椅上，仰望董葡萄时脸色虔诚。

董葡萄将手机检查一遍，症状与鲨鱼说的一样，于是请鲨鱼稍等片刻，她去请示经理。

十分钟后，董葡萄回到鲨鱼的视线，给鲨鱼换了一个新手机，并一再道歉给他添了麻烦。从鲨鱼的表情看，他很乐意发生这样的麻烦。店里的空调冷气很足，他已是气定神闲，摸出一个金色名片盒，并抽出一张，从T恤口袋里摘下笔，新添了手机号码，最后才问董葡萄什么时候有空，他要请她吃饭或者洗脚。

原来鲨鱼名叫唐顺之，括号总经理，另有数排头衔，董葡萄看不明白，只觉得很了不得。总经理算是领导级别了，能安排人谋份差事，随便吩咐下面的人就办了。董葡萄眼睛盯住"总经理"，心悄悄地炸开了，像颗含糖的爆米花。

"体育东路知道吗？你走过来十分钟左右，叫炳胜酒家，广州老牌子，地球人都知道，这里的菜很有特色，保留了传统的粤菜风味，又创新与变革出一种新粤菜系，味道极好，什么脆猪皮、老火王八汤、清炒怀山，吃的喝的都美容润肺，强身健体。"唐顺之似乎担心董葡萄不来，在电话里做了很长的铺垫，紧接着一阵乱七八糟的粗犷笑声，就像碟碗摔到地上并且碎裂。

董葡萄不知道包间里有多少人，但肯定还有别的总经理。她太高兴，一高兴就说不出话。唐顺之把她的无声当做矜持，他给这种矜持更高的礼遇，问是否需要开车来接她。董葡萄说："不用了，很近。"

出门，天仍是灰雾蒙蒙，车尾排出的废气凝结在头顶，因为楼宇间密不透风，它们就如一团死水，遮蔽了星星、月亮和云彩。唯有天河北路那个199秒的漫长红灯，茫茫夜海中引航灯般耀眼。车如水一样淌过绿灯，巨大的噪音近乎无声。董葡萄侧耳细听，仍是无声。她的耳朵对这类声音已经麻木了。

按唐顺之说的上楼左拐，推开"十三行"包间门，果然有四五个男人在座。

男人浊物，把小包间搅得犹如外面灰雾蒙蒙的死水，各自的面孔模糊不清。董葡萄木头木脑，以为走错包间，唐顺之站起来，叫"葡萄"，很熟络，像是喊服务员"上菜"。这种亲昵令董葡萄有点难为情，当其他眼睛和奸笑都朝她抛过来，她脸都红了。她不知道怎么坐到椅子上去的。左右两边都是陌生男人。餐具摆好了，茶杯满上了，铺开的红餐巾把她的脸映得更红。他们用粤语说了几句什么，笑得像一群老鸭子上岸。董葡萄听不懂，倒觉得屋子里十分静寂。墙上有几幅小型的山水国画，镜框玻璃擦得很干净，对面男人那已秃的后脑勺临时描在框里，像只空碗。董葡萄目光顺势滑落一尺，与秃脑勺的主人四目相交，感觉群蝇乱舞。

唐顺之哇哇介绍，那架势好像鬼子进村盘问。被夸张了能耐的李老板、徐经理意满志得，吐出了今晚最漂亮的烟圈，不失为中年男人在小姑娘面前的某种失态。唐顺之将秃脑勺留到最后隆重推出，说这位是张家玉，张董，不是装懂，我的铁哥们，真正的山东汉子，两家大型企业的头头。

"果然都是有头面的人物。"董葡萄一瞥镜框中的空碗，心是满的。

开始吃饭。多种情状表示，董葡萄来之前，他们已经谈过了有关合作方面的正事，并且很理想，很愉悦，彻底放松地进入插科打诨的环节。

第一道菜，每人半边木瓜，黄皮红瓤，一窝汤水。唐顺之说是木瓜粉丝。董葡萄觉得不像平时吃的粉丝，知道是鱼翅后，哑惊。从前将香港与遥远的天堂画上等号，对鱼翅燕窝的认识也是一样，没想过能吃上它。她的舌头试图描述鱼翅的感觉，除了滑溜和一点鱼腥，算是淡而无味，远不如甘甜的木瓜。

"小姑娘是哪里人？"

"成都的。"

"呀，是成都粉子。怪不得。"

"葡萄，名字有来由吧。"

"我妈怀我时只爱吃葡萄，我爸妈没文化，随便给我取了名。"

"很好。很水灵。"

聊得马虎潦草。董葡萄只记得镜框里的空碗就是张董。空碗早就替代了那幅国画。她低头吃会儿东西，抬头时就望着那只空碗。张家玉以为董葡萄看他，报以慈祥的目光，后者没有任何反应。服务员不时过来换碟、添茶。

过一会儿，唐顺之要董葡萄替他向各位敬酒。董葡萄肚里装着刚吃下的鱼翅、醉虾，还有其他古怪的东西，感觉很好。她感觉很好地说"不会喝酒"，唐顺之说："你没出世就吃了那么多葡萄，喝点葡萄酒没问题。"董葡萄听见心里说，如果父亲的工作不是问题，喝十瓶她也愿意。她笑起来，温驯地各敬了一杯，心里踏实了许多，眼睛也熟络起来，像看自家人一样环视在座的人。他们对她挺客气，默认她是唐顺之的马仔。她倒是一眼看穿了，这顿生意饭并没有朋友之间的融洽。

服务员开门出去，门上雕刻的"十三行"金晃晃的。董葡萄问道："这个十三行是什么意思？"唐顺之说："应该是清代外贸专营商的统称，还指西洋雇用的中国买办经纪人。"

有人附和说"长见识了"。

说话不多的张家玉面朝董葡萄，找到了紧盯她的脸不放松的理由，花了很长时间耐心解释："我儿子今年上大一，也问过我这样的问题。广州十三行的起源，有人认为起自明代嘉靖年间，确有记载的却是十八世纪中期左右。广州十三行是广州外国人聚居区自'番坊'于元代衰落后在广州的一次重现。十三行专门负责对外贸易业务，又称洋行、行商呢，也叫洋商。洋行集中在今天十三行街一带，建有十三个商馆，供外商居住，也叫十三夷馆。"

整个包间气氛安静，近乎紧张，仿佛聆听一个精彩的恐怖故事。头顶的灯如冬天的一轮暖日投射大地，大家都像冻僵的蛇，张家玉停顿下来，也无人苏醒。张家玉不得不接着往下说，再往下说时只剩董葡萄在听，董葡萄要从一堆声音中捕捉张家玉的话，不得不盯住他的嘴，就好像风大浪大时，必须手扶栏杆。张家玉有董葡萄这个听众很满足，丝毫不在乎其他人聊起了别的事。于是桌面上形成一个特别的场景，就像收音机电波不稳，两个电台的声音混合交替出现，内容毫不相干。

张家玉约董葡萄前，总是先问唐顺之："下手没有？兄弟我不夺人之美。"事实上唐顺之工作太忙，见董葡萄的次数也不多，不过短信频繁。他两次深夜送董葡萄到家，她也没邀请他上楼，唐顺之没把这些告诉张家玉，有他的用意。

董葡萄很乐意和张家玉见面。男人约会女孩，绝不是为了做朋友，她也是目的明确：如果不是为了给父亲找工作，她没有兴趣和一只空碗交朋友。必要时可以上床，只是要掌握好上床时间、氛围以及各种条件，使事情看起来水到渠成。通过前几次的失败经验，董葡萄已经开始考虑掌握这个细节，重要前提是要考察清楚男人是否真的有权力，别吃哑巴亏。

唐顺之与张家玉商量好了似的，在约会时间上从没产生过冲突。董葡萄诧异，也没想太多，她只需要在其中选择一个办事最可靠的男人。她第一次坐张家玉的旧皇冠车，觉得唐顺之的车更新更宽。不过张家玉花钱大方，带她玩得新鲜。谁兜里钱多，谁权力更大，董葡萄一时半会儿还弄不清楚。

张家玉的侧面远不如后面的空碗更吸引董葡萄。在车里坐着，她一直望着前方，仿佛是她在开车。张家玉先是带她云游广州，到十三行街一带时，继续解释通商历史。当时的语境氛围很适合提父亲的工作问题，董葡萄憋了很久，终觉没有把握，还是忍了，一味努力装出兴趣盎然的模样。后来，董葡萄被北京路的商品迷住了，张家玉顺手买了几样小东西给她，像父亲那样拍她脑袋瓜子。

第二次，张家玉请她去亚洲最大的中森日本料理吃饭。价钱很贵，一盘神户牛肉要一千多块，抵董葡萄一个月的工资收入。董葡萄暗自决定不要吃它，事实上张家玉也没有点，笑着说："共产党员要勤俭节约。"手指头便从这盘神户牛肉上滑过去了。

这顿吃得很好，吃好了的董葡萄心情舒畅。饭后怎么消遣，张家玉举出了一系列活动，比如打保龄球、日式足浴、中医按摩、夜爬白云山等等。

"怎么都是锻炼身体。"董葡萄觉得好笑。

"是啊，身体要紧，我们都这样生活。"张家玉说。

董葡萄选择了日式足浴。

穿日本和服的中国女孩儿呱呱说了两句日语，安排两人进了一个包间，说回中国话，问先生小姐有没有自己的号码。张家玉说他还是要七号，又告诉董葡萄，可以叫男的，男的手腕够力。

董葡萄晃头："不要，我不要男的。"

"为什么？"

"难为情。"

"有什么难为情的。"

"我替别人难为情。"

张家玉轻轻笑了。

董葡萄又想到父亲的工作问题。这个问题在脑中缠绕，像磨盘一样旋转，不断地诱使她说出来，又在倏忽间把机会旋带过去，于是她的表情张口结舌，像是被洗脚的药味儿熏坏了。

服务员脱了董葡萄的鞋袜，把她的光脚放进木桶，突然的温度刺激了她，她尖叫了一声，服务员吓得连声说对不起，要去添冷水。董葡萄缓缓神，集中精力用脚探了探水温，才发现水温并不算高，双脚泡进去，深深泡进去，身体开花似的清爽，心窝里飞出一只蜜蜂，被春日的绚丽阳光及乱花迷了眼。

服务员把脚捏在手里，就像握住一截刚挖出来的藕，仔细搓洗每一处，洗得藕色粉红。二十分钟后，它们被晾在凳子上。张家玉的两截老藕也被提出来，冒着热气。他已经睡着了，脑后垫着颗粒小枕，喷出相当匀称的鼾。

董葡萄想，他后脑勺那只空碗大约就是这样枕成的。

接着双脚又被捶、捏、推、揉、压、顶了好一阵，服务员才罢手。董葡萄以为洗完了，正打算穿鞋袜，服务员又把一只脚抱在怀中，正如雕塑家准备着手创作，手握小刀片，伸向脚指头。将脚指甲逐一修理完毕，张家玉还没醒来。

董葡萄和唐顺之一起吃饭。饭间随便聊天，说到张家玉时，唐顺之不遗余力地赞赏，好像赞赏张家玉是他的日常生活。董葡萄费力地点头表示同意，张家玉是个有文化的领导，还懂点幽默。她脑海里浮现那只空碗，遗憾人总有这样那样的缺陷，在那么多女孩子面前，还喷出那样大的鼾声。

董葡萄已渐渐看出两个男人的不同方法，唐顺之总在打草惊蛇，张家玉却是守株待兔。无论如何，她知道他们心里的渴望，他们却不知道她。谁也不问她的家庭状况，只拼命往她嘴里填东西，带她锻炼身体，为有朝一日吃掉她健康的身体而做铺垫。

唐顺之突然说到他的家庭。他说，他爱孩子，爱他的家庭，但没说爱老婆。他让董葡萄猜他是否有情人。

　　张家玉谈到"情人"时，不是叫董葡萄猜，而是说了一个真实的故事。说是他们一桌人吃饭喝酒，聊到某个不在场的人，有个人说某某人身体弱，精神差，绝对没有情人。没想到某某人也在隔壁吃饭，话音刚落，某某人推门而入，恶狠狠地叫道："谁说我没情人！"

　　董葡萄明白张家玉的意思：对于男人来说，没有情人是一种耻辱。

　　于是她看着唐顺之，仿佛他是一道常吃的菜，说道："有。"

　　董葡萄的答案让唐顺之感到意外。原本是件隐秘的事情，让小姑娘一下子揭穿了，一面又因它不再隐秘而如释重负，他显得既高兴又忧伤。他给董葡萄夹了一片鹅肝，说现在流行吃鹅肝，凉拌、红烧或者炒饭，都不错。看董葡萄吃下去，他才说起情人的事儿。故事太长，董葡萄没记住来龙去脉，只知道结局是他和情人还很相爱，虽一年见上一两次，仍是苦苦相思。他采取的措施是珍惜家庭、善待妻子、多赚钱。

　　董葡萄从唐顺之的大嘴看见茫茫无际的忧伤，这一瞬间她为自己怀揣着父亲的问题而羞愧，不该一心想着如何利用他。对一个苦恼的人最真诚的办法是说出自己内心的苦恼，董葡萄说到成都的家庭，自己一直在为父亲找工作，父亲天天盼着她的消息。唐顺之问她父亲是学什么的，董葡萄说是个钳工，唐顺之咂吧着嘴表示遗憾，他公司需要的是高素质人才，百分之七十都是"海龟"派。

　　"不过——"唐顺之的这个转折词一把扭住了董葡萄的

心，"我在广州安排任何人就业都不成问题。"

"那就指望你了。我父亲是个老实的人。"董葡萄很温柔，说完停了几秒，又接着说，"你那次到我们店里，好像是跳着芭蕾舞一样，一下子就旋转到我前面，一点儿都不显胖。"

"我脚小，穿三十九码的鞋。我就是去年胖起来的，之前喜欢我的女孩儿可真不少。"

"现在会没人喜欢？"董葡萄没想到这么快就搬开了压在心里的石头，心恢复了弹性。

"没有。你喜欢？"唐顺之咧开嘴，牙小而尖利。

董葡萄笑了一下。父亲的问题先于上床之前获得答复，原来唐顺之是个有品行的人，她喜欢。他的态度，也成全了她的品行——上床的确是万不得已的办法，她并不想当做唯一的手段。不过，董葡萄没想到，饭后一切又发生了实质性的变化。

坐唐顺之的车回家时，董葡萄对他已是心怀崇敬。

夜里的广州就像深深的海洋。外面很安静，车如船漂在海上，董葡萄希望一直这样漂到更深的海里。

"前面就是我的公司，我上去换块电池。怎么样，要不要参观参观。"

唐顺之下车，董葡萄尾随。经过两道密码锁，拐个弯，才到总经理办公室门口。进门后唐顺之开了所有的灯，包括洗手间的。董葡萄没见过那样豪华的办公室，一副被打蒙的样子，推开套间的门，看到一张大床和漂亮的家具。仿佛被泼了盆冷水，头脑清醒地退出来。见唐顺之在泡茶，不好意思马上走，只得在真皮沙发上坐下，品一品"上等的普洱茶"。

父亲的工作问题又浮起来。唐顺之饭间的态度变得可疑，一路上的崇敬自然消失了。孤男寡女相对，气氛有点暧昧，董葡萄想逃到外面去，但很快明白那样做几乎是可笑的。只有在唐顺之这儿，父亲的工作才"不成问题"，她相信他不是吹牛。既然这样，为什么还要惴惴不安。她嘲笑了自己，喝下味道奇怪的普洱茶，静谧的房间里似乎有许多倾听的耳朵。

唐顺之的耳朵最近，不过一尺来远，黑乎乎的耳洞深不见底。他主动提到了董葡萄父亲的工作问题，说近几天就会落实。说这话时他伸出一根手指，将挡住董葡萄脸侧的头发掠开，往她耳朵后面压。董葡萄心理上不反感唐顺之，生理上还是有点疙里疙瘩。她想躲，又不想躲得明显，但要躲得不明显除非不躲。

事实上，董葡萄只在心理上躲了一下，身体根本没动。她害怕把父亲的工作躲没了。但又不想让唐顺之看出来，她是因为父亲的工作才没有躲开，于是她不但身体未动，还不胜娇羞，唐顺之的手就顺理成章地搭到她另一侧肩头，并给自己的动作配音："葡萄，你第一次见我就有点……那个，对不对，我们是一见钟情。"

唐顺之答应董葡萄"不跟任何人讲"，他说拿女人来炫耀是件羞耻的事。董葡萄给父亲打了一个电话，告诉他工作的事近几天就可能落实，她自己也被这个消息带得飞起来。后来几天，唐顺之又带她连续几次在办公室趁热打铁，他仿佛把她父亲的事忘了。董葡萄心想他自有安排，没有催问。其间又和张家玉见了两次，她想培养一种男女之外的感情，为解决父亲的工作问题留条后路。张家玉仍是守株待兔，以守为攻，他不吝钱财，带董葡萄换着法子吃，去不同地点洗脚，锻炼身体。有一次去珠江边上的酒吧，酒吧太吵闹，无话可说，或者说话也听不见，两人都觉得索然无味。

董葡萄几乎想结束这种感情培养了。

夜里八九点钟，董葡萄洗完澡追看台剧，男演员言承旭的文雅英俊令她着迷，她很享受这种无边的幻想与幸福，有时整晚都梦到他，他对她深情一片。这个时间，张家玉打电话来，叫她去唱歌，她很不情愿，可张家玉开车在楼下等。怀着对言承旭的甜蜜爱慕，她梳头更衣，一下楼就看见那只空碗在车外抽烟打转，车没熄火，刀郎在唱《2002年的第一场雪》。

张家玉把董葡萄带到一个梦幻般的场所。灯光幽幽，粉香扑鼻，一堆一堆的肉，笑脸如绽开的银子。其中一个说："张董你好，请随我来。"董葡萄感觉进了妖精洞，幽暗灵异，一会儿小桥流水，一会儿古树盘根，树上结满鲜红的果子。

领路的"妖精"推开一扇厚重的门，里面就像捉了唐僧似的热闹。

男人与"妖精们"揽腰跨腿依肩挽膊，纠缠不清。

烟雾弥漫中，董葡萄看见了唐顺之，像肉馅似的夹在两个"妖精"之间。

她呆望着，一点表情也没有。因为有很多东西她没想到，很多没想到的东西在一瞬间全出现在眼前，她反应不过来。张家玉用牙签戳了块水果递给她，她接过来，吃了，仍是一点表情也没有。

"妖精们"年轻是真的，单纯是扮的，薄施脂粉，与良家姑娘区别甚微，董葡萄自然也被看成一类。卡拉OK的声音很大，说话都是咬耳朵，咬耳朵时腰被手揽得更紧。有个男人叫道：是波霸呀，看不出来呀！哎，你们来试试，手感很好。妖精的上衣被掀起来了，露出雪白的肚皮。

董葡萄浑身燥热，感觉有许多蚂蚁在皮肤上爬。

这些人和她没有关系，他们张嘴大笑，像满足的吸血鬼，妖精洞里花枝乱颤，地动山摇。

父亲的工作没有落实，长身体的弟弟在学校吃咸菜萝卜，这些人没有理由这样高兴，他们完全是幸灾乐祸。唐顺之像不认识她似的，像从来没说过父亲的工作"不成问题"，敞开怀抱软在沙发里。

董葡萄闷坐一会儿，像片被风吹起的树叶，一声不响地飘起来，出了妖精洞，经过小桥流水，下了电梯，径直打车回了家。

"葡萄，昨晚你怎么突然走了，以为你上厕所呢。请客户唱歌，叫小姐作陪，这都是必要的工作应酬。很多合同就是这样签成的。昨晚你一走，张董特没面子，说去找你，结果你俩都没回来。"唐顺之电话里说。

董葡萄刚睡醒，胃里咕咕作响，她感到很不舒服。唐顺之似乎是在道歉，又像是责怪她，也许是在为他自己开脱，但没一句说到她心窝上。她没吭声，她不想自己说出来，那样很没意思。父亲的工作"近几天落实"，眼下快半个月了，一点动静也没有。

"这些天公司忙得不可开交，你父亲的事一直放在心上，我找个时间跟张董说一下，放进他的企业下面，一点问题也没有。我跟张董合作七八年了，他的脾性我很清楚。"

"放进张董的企业下面。"董葡萄想了想，觉得有意思，自己笑起来。窗外白晃晃的太阳也笑起来。一只钻进杜鹃花盆里的麻雀也笑起来。然后，她脸上的笑像那只麻雀一样不知所踪,她变得十分严肃,在心里很困难地理清了思路:先和唐顺之睡觉,然后,唐顺之去找张董给她的父亲安排工作。和张董也熟,张董又对她那样殷勤,却拐弯抹角去和唐顺之睡觉,结果父亲还得放在张董的企业下,那么和唐顺之睡觉有什么作用?她觉得这里面有问题。为什么当时没有直接找张董,必要时和张董睡一觉。

董葡萄头晕了,弄不清楚这是怎么回事,但她得出一个简单的结论:睡错人了。

"这样吗,张董肯定会猜测我们有别的关系,我跟你睡了,没跟他睡,证明你比他强,这会刺激他,他会不舒服,不舒服谁愿帮忙!"董葡萄理清思路后,像早晨的鸟儿一样清醒。

"铁哥们不会在意这个,张董女朋友多得是,我知道他。对没征服的女孩子,他隔三岔五地就会请人吃饭喝茶洗脚按摩。你别以为他有多痴情。"

"如果我追求的男人,被我的好朋友弄上了床,我心里是不会舒服的。你先别跟他说,让我想想,或者我自己找他。"

"不过千万别急于和他上床,他的脾性我很清楚,他就是要得不到的感觉。你要想办法吊住他。"唐顺之打了个哈哈。

董葡萄好像被人吐了口唾沫,心里更不舒服了。挂了电话,在床上歪了一阵,觉得脸上有东西爬,一摸,原来是眼泪。哪里来的眼泪?片刻才知道是自己哭了。为什么会哭?她想了想,好像是因为父亲的工作悬了,自己却不能找唐顺之把睡过的觉要回来。她擦干眼泪,觉得现在不是哭的时候,张家玉身上的希望很大,她已经培养了和他的非男女感情,这种动根手指头的忙,他应该会帮。

到底是由唐顺之提,还是自己亲自开口,直到下午,董葡萄还是没有琢磨透。她隐约感到事情砸了，唐顺之可能把所有的事情都告诉张家玉，张家玉不会再找她。所以张家玉来电话的时候，董葡萄很欣喜。

"葡萄，我向你道歉，不该带你去那种地方。让你看到了男人丑陋的一面。我知道你今天休息，一起去旋转餐厅吃西餐。我在楼下抽支烟等你，别急。"

董葡萄慢吞吞地穿衣、叠被、洗脸、刷牙。若有所思，实则脑子里一团麻，什么也扯不清。糊里糊涂下了楼，只见张家玉身穿运动服，戴了一顶棒球帽，似乎刚打完高尔夫，精神发亮。那只空碗不见了，董葡萄突然很高兴，好像所有的不快都来自那只空碗，她夸奖了张家玉，张家玉也挺高兴，于是两人在车里说说笑笑，像树枝上快活的鸟。

董葡萄在旋转西餐厅俯瞰广州城，看了半天，说："这样看城市有点意思，密密麻麻的建筑像石头森林，公路是森林里的河流，车子就像甲壳虫，人就是蚂蚁。"

"是呀，白天和夜里的景色很不一样，下雨什么也看不见。"张家玉从包里掏出一堆花纸，"葡萄，来，看你的手气如何，能不能刮回一台威驰汽车。"

"这是什么东西？"

"社会福利彩票，我买了五百张，同时刮出四个红桃K，奖一台威驰汽车。中了奖一人一半。"

彩票摊开半桌子。张家玉摸出一个硬币，刮了一张做示范。对于坐在西餐厅里就能刮出一台汽车这样的事，董葡萄半信半疑。她还是算了一下账：如果中奖分一半，至少有七八万块钱，父亲可以留在成都不工作，过舒心生活。她被这笔账电了一下，突然萌生的新希望，像烟花点亮了夜空，心莫名其妙地跳得剧烈——如能就这样去掉为父亲找工作这块心病，太奇特了。她的心如风帆鼓鼓囊囊的，着手用自己的手创造奇迹。开始她故意刮得很慢，像赌徒神情凝重地磨开手中的牌，希望满眼红桃K晃动，当彩票底色微露，另有一种隐秘的刺激吸引了她，好比偷窥到局部的人，全身心都被渴望真相的心理驱使着。

但是，就像一个爬上坡的人，爬到坡顶才发现背面只有一个新的坡度等待，其他一无所获，她只有继续爬，不断的失望积为一堆作废的彩票。

又坚持刮了一阵，董葡萄的手软了，心也瘪了。她不那么虔诚了，她失去了耐心，加快了速度，抱着一种轻蔑的态度，像一个急躁的学生，把刮彩票当成劳动任务，沙沙沙沙，机械麻木，心被涂抹了似的越来越暗。

途中她决定放弃。歇了一会儿，又不由自主地拿起硬币继续刮。像开始那样，先是缓慢，然后加速，最后只见她的手神经质地抽搐，像个羊痫风患者。她忘了自己在干什么，她听见唐顺之说："你父亲的事一直放在心上，我找个时间跟张董说一下，放进他的企业下面，一点问题也没有。"这次她没觉得有意思，也没有笑起来，而是非常地不舒服。

紧接着唐顺之打着哈哈说："千万别急于和他上床，他的脾性我很清楚，他就是要得不到的感觉。你要想办法吊住他。"

这话像一口黏痰，让董葡萄恶心。她确信唐顺之朝她唾了一口，抖动的手杂乱无章。

突然，董葡萄的手停止抖动，直视张家玉，她决定现在就跟他谈父亲的工作问题。

2005.3广州

乡村秀才

1

村里的老秀才过世了，葬礼十分隆重。倒不是秀才的子孙家底殷实、生性孝顺，才有如此棺椁厚葬。事实上，秀才的几个孙儿根本没有回来戴孝，身边的呢，因棺材钱起了争执，谁也没有掉泪，只把老秀才当做器皿擦了一遍—— 也有人说，擦身这件事情，是秀才近边早已生疏的某个"干女儿"做的。

谁知道呢。朱红色棺木檀香四溢，内里满铺柔软的白色丝绸，秀才一袭黑衫搁在上面，仪容煞白，手指修长，死得珠光宝气。

鉴宝赏宝的外行内行，从四面八方渐次汇拢，与即将入土为安的宝物鞠躬告别。

各种崭新的物品集中散发的味道，丧事的特殊气味，浓烈而神秘。长命灯噼啪冒出几朵花星。孩童嬉闹。气氛竟是喜庆的。

这一天，从外乡来了一位上了年纪的女人。这个女人，无人识得。她也不和人搭腔，默默地放响手中的鞭炮，将新扯的布料搭在棺材边，以比死者更安静的面容，摸了棺木，看了秀才。人们注意到，她身穿黑色长袄，过尺长的银灰色粗辫，落上黑衣，被年月腐蚀的脸有一种苍白的模糊，姑娘家的风韵依稀可辨。

黑衣女人抹了抹眼睛，默默地走进秀才居住的地方。

风从老鼠洞口灌进来，又潮又霉。屋子里的尿馊味儿还活着，黑的蚊帐，土的墙。秀才的寿命，仍不及那些劈好的木柴垒得高。

她神情庄重，窸窸窣窣地移动，用手掂量缺口吊锅，把舀水的葫芦瓢放进水桶，在竹椅上坐了片刻，想起什么来似的，打开了吴船山收藏古董的木箱子……

2

且来认识一下这位乡村秀才。他姓吴名船山，字守仁，生于公元一八九九年。不必虚构什么，他活得十分真实，死前嗜赌如命，知白守黑，九十好几的年纪，仍毫不昏聩地读线装书、看武侠小说、吟诗作对写书法。

吴船山年轻时候的事情，太过久远。没有人知道，他是否参加过革命，当过土匪没有，兵荒马乱时是否杀了人。有凭有据的是，他幼时上了几年私塾，背过"四书""五经"，后来舞文弄墨，嫖赌成性。三十岁即做了鳏夫，终身不曾续弦。膝下有一双男儿，大的取名敬熙，小的唤作和熙，均已成人。不过，亦有传言，说吴船山的妻子跟一个身份不明的男子走了，从此下落不明。

吴船山爱嫖，或许只是以讹传讹，他喜欢收集"干女儿"，这个倒是千真万确。所到之处，合缘的，他都要这么来一手。他那些蘑菇般的"干女儿"，在潮湿的地方生长与湮灭，数不清。

自从有人类起，吴船山就在村里了——这是我们的印象。

平原的太阳性格大方，眨眼就悬地三尺，天地坦荡。每天早晨，太阳跳落村庄，涂抹出各式图形，吴船山便猫腰出屋，往屋前一站，几乎与茅屋等高。

　　他长脸形，高颧骨，不瘦不胖。远望片刻之后，便坐在四方高脚板凳之上，将书高举到眼前，背挺腰直。打了秋霜的浅短头发，在阳光的穿射下，晶莹透明。

　　他的身板，到死都是硬朗的，却用了一辈子拐杖。如今都堆在墙角，有那么一捆，由他根据气候、心情，以及所去之地的地形来选用。通常呢，在雨天，他蹬上磨薄了铁齿的木屐，挂上有牢固钢尖的拐杖，撑把大黑洋伞，威风凛凛。

　　人们揣摸，对于吴船山来说，拐杖的功能除了打狗、探路、防滑，最主要的，恐怕还是增加慢条斯理的风度与傲慢的仪态吧。他每天都要出门，风雨无阻。的确，作为不事稼穑的秀才，吴船山需要富有尊严地四处游荡。

　　"名士不嫌茅舍小，英雄本是布衣多。"为这副得意的春联，吴船山很是骄傲了一阵，如今仍贴在茅草屋的门口，残红泛白。这副对联被读过书的孩子很是取笑过一阵。他们笑话吴船山，纸老虎落平阳，说他是个哼哼唧唧的英雄、破破烂烂的名士。吴船山和谁都较真。他挥起拐杖追打他们，嘴里骂："狗日的没出息，懂个屁，诗要朴素，句要通俗，老子的诗是顶好的。"

　　他喜欢听奉承话。如果有人说他的字好，诗也不赖，他便很得意，兴致上来，卖弄地和人谈经说典，那人便笑吟吟地听了，表情十分安顺。只是小孩子不吃这一套。有一回，吴船山摇头晃脑，向刚上小学的重孙儿解诗说词，他身上味道太重，重孙儿很嫌恶，不耐烦地跑了。吴船山提拐便追，骂重孙儿小畜生。孙媳妇出来两翼一张，又双手叉腰，毫不忌讳地斥责吴船山："疼别家人，打自家孙，老不成体统。"

孙媳妇话里头的玄机，点拨一下就明白了。多年前，邻村有对夫妻，男的叫阎胜，朴实憨厚；女的名忆芳，珠圆玉润，是吴船山的干女儿，夫妻俩一直没有生育。四十岁出头时，女人生了，封了礼包请秀才赐名。吴船山想了想，给孩子取名晚儿，又与忆芳结为兄妹，认了晚儿作干女儿，从小疼到大。这是件荒唐事。人们私底下认为，这个孙子辈的晚儿，是吴船山的相貌。

3

有点扯远了。通常，正是这么闲扯的工夫，刚刚还在太阳底下读书的老秀才，转眼便上了牌桌，赌得乌烟瘴气、人仰马翻。那些人抽烟，骂娘，吐口水。秀才呢，出牌矜持有礼，付钱缓慢细致，不多给，也不少付；赢了，少收一角也不行。不论老少妇孺，认得牌的，他都和他们赌。实在凑不齐人，就独自在家摆方阵，左手打右手，既钻研牌技，又兼打发冷清。

整个冬天，他都身穿同一件军大衣——袖口和前胸油渍肥厚，泛着铁器的冷光——面色黯淡地在牌桌上消磨寒冷的日子。屋里上了锁，又有老鼠看家，整宿不回是常事。在牌桌上，他浑浊的眼睛毫不含糊，只是在年纪攀高以后，才心力不济，对别人偷钱、换牌的行为一无所知。也有人说，他只是装糊涂，怕别人嫌他反应迅速，不乐意同他玩牌了。

吴船山独居多年，生活十分简单。一个黄泥炉，烧柴，偶尔烧煤；锅碗瓢盆呢，早已经缺胳膊少腿了；有一个不太专业的尿桶——原是泥匠师傅用的。他一两天煮一次饭，七八天倒一次屎尿，二三十天洗一回澡。正如他常说的话："不义而富且贵，于我如浮云……吃粗饭，喝白水，胳膊当枕头用，人生就此足矣。"

通常在一种情况下，吴船山会拒绝打牌，貌闲意悦地守在家中。那是他知道，办红白喜事的人要登门求联了。

办红喜事的人家，带着喜气而来，心情好，有时间听秀才论道。秀才呢，自然不会错过良机，尽情施展备受压制的才华。来者无非是请秀才撰写喜联、畅饮美酒，保持谦逊神情，听秀才讲得口干舌燥，便不失奉承地赞美秀才，秀才性子上来，当即裁纸研墨，提笔稍做沉思，摇头晃脑地吟哦几遍，刷刷数笔就完成了新联。

此刻的秀才，脸上光彩陡现，颧骨活跃，面色红润，眼里闪烁湿漉漉的青春。他一面将新写的字吹干，一面抑扬顿挫，长念短读，粗说精解，把联中所蕴含的喜庆、吉祥，吹嘘得汹涌沸腾。来者封了红包，取了对联，欢欢喜喜地回了。到摆酒席那天，又派人来接秀才入席，上座。那份尊贵和殊荣，让秀才舔着无髭的嘴，着实油腻好一阵子。

当他内心饱满充实，在茅草屋门口读书消化，识趣的人，也不在这时喊他打牌。

办白喜事的，毕竟有悲伤在心，对秀才的论道要淡一些。同样封了红包（比红喜事薄了许多），取了挽联，只是嘱咐哪时哪刻来吃饭，去不去没人理会。秀才通常如约前往，春风得意地回来，难以抑制的愉悦油光可鉴。

红白喜事期间，在浅薄的乡民当中，秀才的确与众不同。正是在这些喜宴上，他认下了为数众多的"干女儿"。人们表情暧昧，意味深长地谈他的"干女儿"，他并不在意。的确，三十鳏居的秀才，赋予人们太多的想象空间，想象力确实贫乏的，干脆拿晚儿来做些大胆推测。对此，秀才装聋作哑，仍在各地收集"干女儿"，从四面八方带回一些锈迹斑斑的老式器皿或者陈旧的陶瓷瓶罐，他谓之古董。这些破烂，不止一次受到儿孙们的讥讽与奚落。

春节，是吴船山最快活的时光。年前一个月，他便开始翻旧书、想春联，做好了，记在纸上，每年要记上百对。然后，挂拐去巫镇买红纸，细心裁剪，再选一个太阳天，把桌子摆在草屋前醒目的位置，手中磨墨，嘴上吟哦，一个人把这件事做得热热闹闹。太阳天易干墨，写完对联，依次将先写的卷好，封上，在大年前一天，将所有的对联送到各家手中。人们都会给他一个红包，一元、两元不等；碰上大户人家，红包十分可观。

这样的光景很是持续了一些年头。后来，慢慢就没人请他写对联了。他呢，照旧写好了，给人家送过去，照旧得个一元、两元的，只是人家再也不往家门口贴了。因为街市上有现成的，任挑任拣，字儿漂亮得炫目，那才衬得上他们新建的房子。

有一回，吴船山在垃圾堆里发现自己写送的对联，原封未动，从此息了热情。

4

有一年，吴船山的儿媳妇见到了鬼。那天晚上，她瞥见窗外站着一个女人，瘦高个儿，长发披肩，脸形十分好看。她与她互相注视了片刻，女人便无声消遁。儿媳妇追出去，四周却空无一人，顿觉手脚发凉，吓得病了一场，腹内胎儿没了。大儿子吴敬熙说，那女人正是吴船山的妻子，他的母亲，二十五六岁时，难产死了，连坟都没有。儿媳妇想到死者在阴间贫苦无依，心中定有怨恨，便给死者烧了纸钱，求她庇佑，之后陆续生下五个子女，逐个成人。

又扯远了。吴船山的妻子死时，两个儿子年幼无知，大的五岁，小的三岁，从此吃百家饭。吴船山赌牌回来，有兴趣便教几句"四书""五经"，其他不闻不问。那一双男儿相依为命，性格孤僻，脾气急躁易怒。及至成年，看不见母亲的照片，也无坟头可以拜祭，想到母亲可怜，做了孤魂野鬼，把吴船山恨得要死。

到了孙子辈呢，因为奶奶早逝，爷爷不疼，平白比其他孩子少了几缕温暖。就像遗传一样，吴船山的冷漠一代传一代，最终在亲情上断子绝孙了。

吴船山对妻子的薄情、对骨肉的冷漠，的确匪夷所思。大儿子吴敬熙十岁离家流浪，后来在城里站稳脚跟，回村结了婚，把妻儿留在村里，耕种薄地。农忙时节，吴船山也只是袖手旁观。二儿子勉强结了婚，把妻儿也带走了，常年在新疆一带摘棉花、种葡萄，极少回来。

大媳妇给吴船山盖了两间茅草房，逢年过节叫他吃口饭，平时都不答理他。吴船山坐在饭桌上，半个字也不吐，只是嚼肉。后来，儿孙们嫌他脏，也不让他上桌了，把饭菜盛满，端到他那边。小孩子们呢，捉迷藏都不往他那儿躲。

有一阵子，传说吴船山很是赢了些钱，无名指上戴了金戒指，颧骨放亮，神色十分乐观。金戒指很圆很厚，一望便知是纯金打造的，做工精细，背面用柳体雕刻了"吴船山藏"，像个方形印章。

吴船山戴过一段时间，便收起来了。

某天早晨，一位四十上下的女人来到茅草屋，提了一大包东西。那女人面相陌生，大约是个外乡人。有人注意到，她细皮嫩肉，前胸后臀都十分柔软，不像干粗活的。

那会儿，吴船山正在屋子里，从破铁烂瓷中摸出一本红折子，在昏暗里小心地计算什么，听到声响，慌忙全部塞进木箱，落了锁。

他们整个上午都没出门。

后来，一群顽皮的学生偷听墙角，隐约听得里面说了这么几段话：

"……他们能理解你吗？"

"人不知而不愠，不亦君子乎……"

"这事情确实太突然了……你答应了，我去跟他们说。"

"……已经是这样了……"

"……'清平调'是律诗，还是绝句呢……"

"……玄宗天子当年出这个题目，原是要被之管弦，使伶工演习，以表示海晏河清，朝廷无事，圣天子安坐深宫，终日看名花，亲国色，宴乐清平的意思，所以叫'清平调'。"

"……"

女人走后，吴船山把女人送的东西拿出来，搭两张凳子晾在门口。那是件灰白色的狗皮夹袄，货色不错。他把过路的行人叫住，请他看这件珍贵的狗皮衣。路人小心地摸了几把，十分羡慕，连说是好东西。吴船山说道："我干女儿孝敬的自然是好东西。她可是老师呢，知书识礼的。"

5

不知从哪一天起，每隔一段时间，便有一张汇款单抵达吴船山手中。巫镇邮电所的人，认得吴船山了，有一回问他：

"你的什么亲戚,在怀化那么远的地方?"吴船山说道:"我的干女儿,她在那边当老师,知书识礼的。"他们便啧啧称羡,夸吴船山命好。

除了打牌,吴船山是不花钱的。大儿媳妇养五个子女,一个子儿也没给过他。他呢,也从没指望,只把怨气咽了。儿媳妇知道,吴船山箱底有好衣,他不穿,故意披得破烂肮脏,无非是做给别人看。她呢,偏不吃这一套,先前还吩咐儿子给他劈柴、提水,后来连这些也免了。于是,硬朗的吴船山,提着大半桶水,嘴里哼哼唧唧,身体摇摇晃晃、颤颤巍巍的,拄拐杖的手抖得真实可信。到了九十岁,吴船山提水的形态还是那样。

人们笑着说,吴船山是一个出色的演员。

有了汇款单,吴船山仍然没有花钱的迹象。他的生活如旧,不添新衣,不置年货。倘若单子盼不来,吴船山便打牌无心,寝食难安。

汇款单数目不多,三百、两百不定。到手了就往巫镇,风雨无阻。那巫镇离村庄有六七里路,有条弯曲长堤,坑坑洼洼的泥巴路,下雨就滑溜,冬天的北风能吹倒人。吴船山用拐杖、木屐、黑洋伞三件宝贝,应对所有天气。

通常,取了钱,吴船山彻夜不归,有时两三天后才露面。像是把钱输光了,在草屋门口,下决心戒牌似的读古书,样子难掩落魄。

平心而论,他年轻时的牌技不错,且会察言观色,估牌算牌十有九准。他打牌和别人不一样,别人一门心思想赢钱,他呢,无非是沉湎此道,体验牌局变化的乐趣,赢了就会心慈手软,慢慢地输回给人。老了以后,各方面迟钝了,不知道对手们牌德低下,瞅准了他的现钱,合伙算计了他。

吴船山坐在茅草屋门口读书，白发覆顶，皮肤松松垮垮，那场景是美好的，且符合秀才的身份。他从书里抬起头来，望着某一处，空洞的眼神近乎痴呆，那种枕边无伴、膝下少顽童的落寞，多少令旁人心生恻隐。

儿孙们呢，只是嘲笑："没有牌打，就老年痴呆了，装模作样读书，迟早会死在牌桌上。"

人们说，吴船山放荡不羁，一辈子了无牵挂，晚景多少有些凄凉。

那时，晚儿已经嫁人，有个四五岁的儿子。晚儿回娘家，都会带儿子顺便看看吴船山。那小孩儿没心没肺地喊一声"爷爷"，吴船山就乐呵呵地翻箱倒柜，拿出珍藏的冰糖、发霉的雪枣。小孩儿很嫌弃，晚儿也不愿接。吴船山摸孩子的脑袋，孩子把头偏去。孩子不和他亲。晚儿呢，长大以后，也和他疏远了。

吴船山发痴时，脑海里大约也装着这些事吧。壮年时，"干女儿"们走得很勤，越老，来走动的越少，最后，一个都见不着了。这也是导致他老年失眠的原因之一吧。

6

现在，吴船山睡踏实了。身下是檀香木床，穿的是绫罗绸缎，浑身上下干净无碍，生前没享受的，如今全拥有了。人们猜想，吴船山必定有遗憾的：不能亲自撰写挽联，尝不到自己的丧酒，人们尊敬的目光也享用不到了……

也许，人人都想参加自己的葬礼，想知道自己死后，人们对自己的评价、反应和态度。一切虚伪的、粉饰的，都可以揭去了。正如此刻，人们在丧礼上并不规矩，毫不忌讳地取笑吴船山——一个浪荡秀才的寿终正寝。他活得太久了呀，甚至晚于远在新疆的二儿子吴和熙。

先前说过，两兄弟性格孤僻，脾性不好，二儿子尤其突出。他在新疆，生有两儿一女，妻子体勤心细，生活不算窘迫。二儿子平素酗酒，某一天，突然昏倒在地，查出肝癌晚期，病了一月，死了。大儿子接到死亡通知，立即启程去新疆，在路上，弟弟便被火化了。吴敬熙想看弟弟的遗容，不是骨灰，弟媳妇竟然不等人，极不友好。他骂了娘，就打道回府了。从此两家没有往来。自然，二儿子一死，犹如大树断根，吴家那头亲牵连不深了。更何况那几个孙子辈，对吴船山素无感情，无非是见过几面，毫不动情地叫过几声爷。

二儿子死后，吴船山在众人面前抹过泪。也许他个头太大，悲伤撼不动他，所以呢，旁人不太能看出他有丧子之痛，顶多像一个丢失了糖果的孩子。

其实，二儿子内心是怜恤吴船山的，私下里早原谅了他。有一年回村后，他对吴船山下过跪，流了泪；临走时，嘱托侄子们对老人多用心。那时，吴船山正是逞强的时候，他自己要独居一处，不和子孙们在同一屋檐下进出。末了呢，又装出被儿孙们赶出来的可怜相，把孤零零地自力更生，化作茅草屋前的形单影只，留给乡人评说。

大儿子呢，也并非那么无情。他面上冷，嘴上凶，心是软的。每次回来，要把茅草屋里外检查一遍，见屋顶薄了，便添盖一点儿稻草，糊好坏了的窗，把灌风的地方堵严实，要用的柴、煤堆满一屋。但对吴船山绝不嘘寒问暖，更不说一句温情的话，即便是好意，话也说得凶巴巴的，带着怨怒，较着劲。一辈子这样。吴船山呢，也从不问大儿子的情况，大约是受孔子说教的影响，长者的身份和架子从来不丢，以置身事外的态度，理所当然地接受这些。

大儿子回来，总把吴船山请过来吃饭，往他碗里夹鸡肉，送鱼块。吴船山虽然牙齿不济，手捏肉骨头，耐心耐烦地倒也啃得干净，根本顾不上往袖口里流进的油。这种时候，他那种秀才的风度丢得干干净净。

肉堵住吴船山的嘴。子孙们聊自己的话。狗在桌子底下抢骨头。小孩子哭闹。团圆饭吃得自然是十分热闹。

大儿子走时，从不和吴船山打招呼，只是朝茅草屋那边望一眼。

门往往是关的，外面扣了一把铜锁。

7

吴船山身体好，不生病。只有一回，大腿内侧长了一个大疖子，哼得抑扬顿挫。自己往头上缠了布条子，硬是卧了几天床，茶饭都由儿媳妇端到床跟前。通常呢，长疖子算不得病，更不至于起不了床。儿媳妇背里骂他装，装病、装痛、装可怜，就是要折磨子孙。不是吗？腿上长疖子，往头上缠什么布条子！

也有村人前来探望秀才，见状，出门莫不偷笑，揣测吴船山大约想装病来试探晚辈的孝心。他呢，又终究躺不住，疖子刚穿脓，肉坑还没合缝，他就起来打牌去了。

人们不免猜疑，吴船山九十岁那年，瘫痪了足足三个月，莫不是装的？

无论如何，这是一件险事。那天夜半，吴船山打牌回来，在家门口被砖头绊倒了,他自己爬起来开了门,上了床,躺下便起不来,瘫了。人呢,意识模模糊糊,嘴里发出含混不清的声音。常常屎尿一床。孙子们叫苦连天。他们头一次进茅草屋,轮流给吴船山换洗,擦拭,背过身呕吐不止,想起来都咽不下饭。

之前,吴船山蛮久没收过汇款单了,牌桌上混一会儿就下了场。回到家,拿本书在屋门口坐着,频繁地向通往巫镇的长堤张望。邮递员不来,他就亲自去巫镇询问,问他们是不是把单子落在什么地方了。

汇款的是什么人,吴家一概不知。他们只知道,除了一个哑巴表弟,吴船山没有近亲。吴船山对哑巴表弟并不亲热。哑巴表弟来过两回,感情兴奋,张着嘴"啊,啊"地叫,双手乱舞,除了吓哭家里的小孩儿,谁也听不懂他表达什么。

那个给他送狗皮夹袄的"干女儿",年轻,有教养,家境似乎挺好的。吴船山的生活内容着实让人摸不着边。总而言之,他在外面的关系网很大,网里头有些什么鱼,是查不清的。

吴船山老骨头摔坏了,瘫痪不起,人们都以为定死无疑。没想到,有人照料着,他胃口很好,一大碗米饭,肉菜垒成山,餐餐吃得见底。孙子们累得怨气冲天,他躺在床上,脸色反倒红润起来,一点都不像将死的人。

没多久,吴船山意识便清醒了,只问"汇款单来了没有",想吃喝、想拉撒会表达了,甚至还看起了书。孙子们挨不住了,难免说些不好听的话。

已经六十好几的大儿子吴敬熙,把他伺候了一阵,好不见起身,死不见断气,也绝望了,只觉苦海无边。

太阳天,儿孙们把吴船山搬出来晾晒,收拾屋子,清除气味，扔掉箱子里发霉的东西，没敢动那些古董瓶罐。吴船山只是眼望长堤，颧骨高挺，就像孩子长时间盼望带玩具回家的爸爸，希望中夹着沮丧和委屈。

这样过了三个月。某天一大早，邮递员来了，在外面喊："吴船山在家吗？"吴船山耳朵不好，这回听得真切，在屋里大声咳嗽。邮递员进门时，他已经坐起来了，病就这么好了。当他拿着那张五百元的汇款单，拄起拐杖去邮电所时，步伐矫健，人人称奇。

此后，大门上一连几天落锁。去处嘛，自不待说。

对吴船山的生前趣事，在棺材旁边忙碌的人想起来都要笑上几声。

此后不久，吴船山的金戒指丢了，惊动了很多人。他瘫痪之后，儿孙们在茅草屋里进进出出，放得稳当的戒指，丢得怪异。他反复讲述，戒指用一块白手帕裹着，放在木箱的右下角，多少年都没有事，我一瘫，就出事了。戒指是没长腿的，定是被长了腿的人拿走了。

明摆着，吴船山怀疑孙子们偷了戒指。孙子们一肚子怨气，先是翻遍了垃圾堆，屋子所有角落都仔细找了，老鼠洞都没放过，见不到什么白手帕，更没有金戒指。后来，孙子们相互怀疑，只道某一个起了贪心，害了自己的清白。各人暗自发了狠心，将来老头儿死了，自己是不会掏棺材钱的。

金戒指消失了，孙子们从此不越雷池半步，偶尔望一眼茅草屋，也是不动声色。也有人怀疑，吴船山自己藏好了戒指，想诈子孙们的钱。可是，吴船山死了，戒指也没出现，证明冤了他。倒是大儿子吴敬熙想得比较合乎情理，他认为，吴船山自己把戒指输掉了——他屋子里值钱的东西早就当得一干二净。

8

　　吴船山刚落气不久，阎胜、忆芳及晚儿都过来了。随之而来的还有檀木棺材和丝绸寿衣，他们直到死者装殓完毕才走。看见这一幕的，无不慨叹这家人重感情、出手阔绰，同时也坚信了吴船山跟晚儿的血缘关系。

　　村里的死者多数睡水泥棺材，还有裹了凉席就埋的，能这样体面死去的极少。人们看吴船山像待售的珠宝那样，搁在白缎子上，平静安逸，暗暗羡慕得不行。

　　下葬这一天，晌午时分，阎胜在灵棚外点燃万字头鞭炮，搭在树丫上，再进来将花圈摆开，忆芳展开挽联，晚儿将几匹崭新的布料搭上棺沿，三个人一起，朝吴船山的灵柩拜了几拜。

　　枉读十年书，叹今朝黄土埋文，当日悔抽人似茧；休灰千里志，待再世青云得路，那时豪吐气如虹。有心人发现，挽联的字样，极像吴船山的笔迹，出于好奇，就拿吴船山的字样一比，果然不差，正是吴船山生前写就的自挽联。可见，对于自己的死，吴船山早有准备。

　　人们交头接耳开来。

　　不少人看看晚儿，看看忆芳，最后十分同情地看着阎胜，看他头上那顶明晃晃的绿帽子。

　　这一家人倒是大方，径直做自己的事。末了，对吴船山的大儿子吴敬熙神色平和地说了些什么，没留下来吃饭，就走了。

　　这时，黑衣女人从屋子里走出来，手里拿着一本红折子。

有人突然想起，多年前，那个给吴船山送狗皮夹袄的女人，印象中就是这种长相。

吴敬熙从未见过这个女人。

黑衣女人径直走到吴敬熙面前，把红折子交给他，说道："你看，为了一副好棺椁，一辈子省吃俭用……我们……这些钱……他一分都没花。"

吴敬熙颤巍巍地打开折子，那些零星的存款记录很是跨了些年月，积攒的那笔数目，于两年前一次性取走了。正如阎胜刚刚告诉他的那样，吴船山早就给自己定做了棺材。

吴敬熙走近棺椁，不可思议地看着父亲；再把棺材认真地摸了几遍，似乎在估算它的价值。

女人接着说道："我母亲……你母亲一直挂念你们……死的时候，也难以瞑目……当年，她抛弃你们走了，晚年在愧疚中度过的……请你原谅她犯下的错误吧……"

吴敬熙望着女人，老脸顿时煞白。

"我违背了你父亲的意思……我……说出来了。"

吴敬熙的眼皮和嘴唇都在颤抖，吐不出半个字来。

这时，他的某个儿子，兴奋地喊了一声，俯身掰开了死者的嘴，从里面掏出了一枚金戒指，金色的光芒扫过所有人的头顶。

俄顷，葬礼上的人全部大笑起来，封棺出殡的鞭炮也随之炸响了。

2008.6.16广州

低飞的蝙蝠

女人并没想过将来的生活，看起来盲目无忧。像她这样年近四十、姿色平常的中年妇女，半生务农，如今要抛弃固有的土壤，把自己连根拔起，种植到另一片泥地里，死活真是个未知数。倒是女人的亲朋好友形色焦灼，急风暴雨般抽打女人这棵树。熬成婆的长辈，依仗苦难岁月的淫威呵斥女人，教育女人忍字当头和积极妥协的生活经验。老妇人冰雹式的刺激，于今天的女人无效。不过，出于尊重，女人顺从听罢，笑容铺上了看不出昔日少女痕迹的脸，倒像忽然戴上一副面具，雀斑宛似黄昏出动的蝙蝠，撒在暮色之中。老妇人哪里知道，女人心里是想要蝙蝠那样的自由了。女人也不曾想过，她看不见未来的眼睛，以及缺乏蝙蝠那样灵敏的鼻子，注定会比夜行蝙蝠摔得更惨。她可能撞上那早已矗立、人皆洞察的明亮结果——抛夫弃子的女人，离开了家庭，能上哪儿找氧？

有个和女人同辈的冷姓妇人，女人与她常有知心话，女人的心路历程冷姓妇人也都清楚明白，听女人说要跨出离婚这一步，冷姓妇人未曾开言先抹泪。前不久，丈夫肝硬化撒手人寰后留下的悲伤，使冷姓妇人的声音变得严肃庄重凛然哀莫，眼神与表情的和谐一致仿似浑然天成。丈夫死后，她似乎不是在生活，而是在展示她的生活，带着两个孩子，用孤单沉默将她置身于沉重生命核心的苦楚表达得淋漓尽致，以至于远远看见她身影的老妇人也情不自禁地湿了眼眶，紧了心头肉。冷姓妇人劝说女人回头的杀手锏最后出击。凭生命的本能，女人的男人懂得使用经历过生离死别的人，利用死亡对家庭带来的遗憾来撼动女人这棵固执的树。身兼委托劝说之责的冷姓妇人，已然成为生命的真知，有一种至高无上的发言权。不过，这次劝说倒是打开了她努力收藏的悲伤，给了她一个发泄的渠道，她迅速忘记劝说者的身份，像是把玩一件古玉那般，把自己的人生从头至尾逐步点评，仿佛事先彩排过那样有条不紊、周密细致，最后以催人泪下的真挚将言谈上升到令女人陌生的高度，再落下来，像紧箍咒那样深深扣上女人的现实生活。

于是女人头疼了。冷姓妇人的个人遭遇和自己的生活并无实质关联，但此刻女人感到一种荒唐的纠缠关系：倘若冷姓妇人的丈夫没死，女人要离婚的选择似乎便合了情理。无非是死亡对你说要珍惜眼前的一切，难道一个不幸福的女人选择离婚解脱，就不是珍惜自己？某个夏天的早晨，女人在后屋台阶上拾到一只死因不明的蝙蝠，她对男人说，自己要是有翅膀就飞了。男人回答她，蝙蝠的天空就在屋檐下，死了照样落在地上。这一对农民夫妇并没意识到他们对话里的哲理性，更没想到命运就藏在这样的字句中。

女人想飞想了很多年。没有任何人了解女人的内心世界，包括冷姓妇人，她是婆家这边的人，女人对她设了防，绝不轻吐对自己不利的话。至于女人与男人的感情生活，外界也只获得含糊不清的真相。农民家庭对别人生活的热情远胜过关心自己，这也是女人和男人无法清晰表述自身婚姻状态的原因。女人不懂得用"尊严""权利""价值"，甚至"爱情"这样的字眼来为自己辩解。现在，女人的两个孩子满了十八岁，走向社会开始自己的人生，女人解开了自己的双手，像蝙蝠那样冲出低矮的屋檐。

女人起初只是试飞。在比乡村沸腾数倍的县城盘旋几圈，落在中介所，怀着对新生活的憧憬认真地找过几份工作，没多久便厌倦了。毕竟一直过得穷而安逸，如今吃了点苦，就发起懒筋来，再加上同宿舍的其他女人无不是金钱至上，她内心有点松动。经过街头的玻璃橱窗，女人偶然看见自己的形体，多瞟了几眼，觉得自己是可以再嫁的。那些上了年纪的男人，毫不掩饰地流淌着寂寞，用措词动听的征婚启事呼唤晚年的伴侣；亦有中年离异丧偶的，字句更是孤雁般低婉唧啾，满载渴望的骚动与心中的肿胀。女人的欲望比她的指甲生长得更快，她知道，除却后天文化教育的缺陷，作为一个原始的、先天的女人，她并不丑，自信完全配得上七旬的古稀老翁，衬得上鳏寡的中年壮男。一只有文化的蝙蝠，飞来飞去也要栖身于屋檐下，女人打定主意，在这样的男人群中找个依靠。想到美妙处，就像蝙蝠感受到月光如水并夜空满星，心灵深处响起快慰的细声鸣叫。

女人试飞期间碰到的律师，是对女人产生重要影响的人物。之前，女人的婚姻还一息尚存，遇到律师以后，就彻底死了。大约是与他的相识符合少女时期对爱情的想象，外加律师披着文化知识的外衣，女人对他的痴迷程度逐渐发展至狂。描述律师的长相有助于了解女人。这是个五十五岁的精瘦男人，肤白净素，有一双老谋深算与多情混杂的小眼睛，说话条理清晰，咄咄逼人，薄嘴唇里射向女人的话如子弹般密集，心悦诚服的女人就像死了一样鸦雀无声。律师才离婚三年，向女人炫耀过年轻时的爱情以及近期的追慕者，有教师、公务员、处级干部……最后，他选中了女人，他需要相伴一生的温柔伴侣，更何况女人"本质、善良、端庄"。女人第一次听见男人当面给予自己的评价，照镜子时按照律师提供的词汇仔细核对过几回，久之也看出些自信来，只是这自信只对别人管用，一面对律师，就如被手指碰过的含羞草立刻卷了起来。这倒使她添了一种依顺的美，似乎因此更对律师的胃口，对女人身份条件颇多顾虑的他不再优柔寡断，正式和女人确定了关系。鉴于女人仍是有夫之妇的事实，关系的确定由律师在床上私下完成。

女人原本在做一份低薪且不体面的工作，律师出于"疼爱"，将她召回，并认为他的女人不该干那类工作，在暂未帮她物色到好的工作之前，女人女佣般承担了一切家务琐事，专心把律师伺候好。打律师不忌讳地告诉女人，他曾经贪污过一笔钱后，女人觉得律师把她当成了自己人。律师的故事是分期分段告诉女人的。女人对城里的游戏规则丝毫不懂，律师惊心动魄的经历与决策让女人对之崇敬有加。律师的人生大体是这样的：当兵后上大学学法律，进了国家肥沃机关，当了部门小头目，帮人打赢过几宗要命的官司，因而得罪过一些人。前几年，律师贪得一笔巨款后巧妙地办了离退，若非这英明的决断，他则已与其他人一样在狱中悔度晚年了。

有钱的律师处处显露穷酸的特征。离婚后房子给了前妻，自己在最廉价的地段租了一套昏暗拥挤的小房子，依赖屋主破旧的家具勉强撑起日常生活。唯一值钱的电器是一台二十一英寸的彩电，那是律师完全不得已才添置的，因为"生活实在太单调了"。厨房的黑色油垢、厕所锈坏的水龙头，"凑合着能用就行"，毕竟不久之后，他将拥有自己的大房子。律师曾经带女人到他购买的楼盘去看过，女人看见了混乱的地基和建筑工人。她在律师的描述中也仿佛看到了那套面积两百多平方米的豪华居室，以及从窗户望见的山林和云海，这种望梅止渴的幸福细菌十分鲜活，并且繁殖出更多的幸福来。另外，律师还拥有几个商铺，女人虽不太了解没出租的原因，但相信他总归是有道理的，她对他的一切毫不怀疑，更无探究之心，像对待庄稼那样信任与期待。

　　律师从不催促女人离婚，因为他要恪守"律师"的职业道德。女人倒是表示过想尽快办理离婚手续。心情风和日丽的某天上午，女人回了家，谈话尚未进入正题，一场恶斗终结了艳阳天，彼此都伤了皮肉、流了血，惊动了邻舍。老妇人与冷姓妇人亦是闻风而动，一个德高望重，一个落寡可怜，两人怀着相异的心情，流着不同含义的泪水，表达的意思却是殊途同归。女人擦着嘴角的血丝，那颗浸泡着爱情温水并且隐秘发芽的心对她们深怀怜悯。女人不断重复着擦拭嘴角的动作，尽管那里只剩印痕。她暗自感激男人出手狠重，打掉她可能诞生的彷徨与矛盾。冷姓妇人见女人穿得跟城里人一样，怀疑怕是有了相好。这话戳中了男人的恨处，男人扬言要出人命，要女人拿十万块钱来，他便在离婚书上签字。
　　女人咽了男人的话，返回律师的住处，满心是前路未卜的茫然。律师问起，她只是说男人不松口，恐怕还要一段时间。她从镜子里瞅了一眼律师，他那双老谋深算和多情混杂的小眼睛眯成一线，有一种思索与查找案情疑点的凝重神色，她想，他断然是不肯拿出十万块钱来的。很难想象，律师是一只貌似慷慨的铁公鸡，每个月的伙食费算到精确，此外绝不多给女人一分钱。即便女人双手泡在刺骨的冷水中给他搓洗厚实的冬衣，他也没想过买一台洗衣机。据律师说，他退休后打官司赢得的款项外头还有几大笔，需等别人清理完资产才能到手。如果那些望梅止渴和画饼充饥的事都是真的，律师纯粹是捏着馅饼挨饿，女人也心甘情愿。女人并不怀疑律师是个不折不扣的老穷光蛋。她理解那个年代过来的人，无不留有艰苦朴素的好作风。更何况律师有才华有风度，关键是有家里男人缺乏的细心与体贴。他追着喂她吃饭，给她夹青菜萝卜，夜里的抚慰更是绵延不绝。

　　和律师谈钱的问题，女人难以启齿。即便是看中了某件价值百元的衣服，女人也羞于找他开口要钱，怕金钱玷污了她的爱情。律师倒是按自己的审美给女人买过几次衣服，偶尔带上女人会几个莫名其妙的朋友。女人坐在一旁，小心夹菜，无声吃饭，仿佛律师的高谈阔论是抒情的背景音乐。

　　此刻，女人怀揣一团烦恼，给律师满是黑色茶垢的杯子里加了一把茶叶，拔出开水瓶的木塞，一股热雾立刻缭绕而出。女人皮肤还算白皙，短发乌黑不失光泽，臀部宽阔，身体健壮又颇具女人韵味。律师感觉到女人那股蓬勃的生育力量，笑着对女人的屁股说道，他想要个儿子。女人说，女儿都结婚了，五十好几的人了，还想养孩子，不怕累死？不怕别人笑死？律师点支烟，神情邪痞地斜睨女人。女人把律师骨子里天生的流氓气息当做优秀男人的傲慢，即便他看轻她，她也为他自豪。律师往后一靠，看爪下猎物似的女人，慢悠悠地说道：不生个儿子，财产谁来继承？女人不懂思考，一旦发现律师态度严肃，立刻六神无主。律师明知道女人做了结扎手术，如今却要女人给他生孩子，分明是有意为难。

　　女人没说话，去厨房炒起了辣椒，呛得不断咳嗽。律师还在这边扯着嗓门说生孩子的事，不过不谈财产继承问题，而是说孩子将使他们更像夫妻。这是个令女人幸福的理由。女人带出一阵油烟味儿，满满地看了律师一眼，再趑回厨房。生孩子的事覆盖了离婚的问题，女人感到自己的生活完全烧糊了，像炸完辣椒的焦乌锅底。女人洗锅，水放进锅里，"哧"地腾起一团白雾，女人结结实实地呛了一口。

女人试图再和男人协商离婚，均被男人态度强硬的污言秽语挡回，女人直接将离婚诉状递到了法院。离婚诉状的格式是律师教的，内容是女人混乱的思维与语病百出的陈述。立案前，法院的陈姓妇人与女人详聊之后，认为判离婚的条件并不成熟。如果败诉，女人将承担所有的相关费用，大约两千元左右。这巨大的数目把身无分文的女人撞得头晕眼花，没想到离婚还要花钱。她将状纸折了又折，感到每一线希望都被拦腰截断，她自己也分作两段，腿走腿的，头想头的，"咕咚"一声，掉进了没有沙井盖的黑洞，身上擦破了好几处。律师问她是否立了案，她说半路摔了一个跟头，脑子摔清醒了，离婚的事她要再认真考虑。律师说乡里人总是吃没文化的亏，顺带把那个乡下的男人也贬损了几句。厌弃了乡里生活的女人，对律师充满鄙意地说"乡里人"感到不适，慢慢滋生出一种倦意和弃暗投明的想法。

律师接电话。女人听出是律师的旧相好——税务局的李姓妇人。与李姓妇人的故事，律师讲得最为详细，似乎真心爱过一阵。李姓妇人三十五六岁，丈夫入狱五年，离刑满释放还差一年。李姓妇人带着孩子熬到黎明前夕时碰到律师，好了三个月。律师对女人说，李姓妇人脾气太差，没有女人味儿，因丈夫快要出狱，他提出分手，李姓妇人也同意了。只是李姓妇人出尔反尔，不断要求重归于好。律师不依，没少挨李姓妇人的破口大骂。现在，律师和电话里的女人又吵了起来。之后，律师沉默不语，似乎被对方说服了，或者是被抓到了把柄。

律师讲电话时，女人总会避开，像一件家具那样安静地摆在某处。她感到和律师之间似隔了千山万水。有一阵子律师想要孩子，两个人的年纪都不容拖缓，他甚至提到用行贿买通医生违法操作，让女人接通输卵管后躲起来怀胎生子，粗略预算后因行贿数额太大以及有违反计划生育的巨额罚款等原因而作罢。律师不切实际的想法一度让女人同样想入非非。不过，女人梦想的升起与破灭总是同等容易，同样不留痕迹。

女人慢慢意识到，和律师纠缠不清的，不止李姓妇人一个。

墙上那把旧二胡还挂在原处。女人擦拭灰尘时，弄断了琴弦，当时就心生不祥。现在看来，兆示是准确的，她和律师之间已经断开了。她不想再生孩子，尝够了养孩子的苦头，只想找个不拈花惹草的城里人清静生活。女人没因这五十平方米空间里的空气与光线感到不快，却被打算离开律师的念头扎刺着，眼圈立刻红了。

电话里的女人让律师留下满脸怨怒，小眼睛完全被老谋深算的神情占据，面部各处的皱纹像召开秘密会议般严肃聚拢。女人感觉他浑身散发着看不见的冷雾，她对他的怕突然变得很纯粹。

中介所的胖妇人已经认得女人了，老远看见女人过来，就扯着嗓门拉长音调跟女人打招呼。中介所是个五六平方米大的地方，摆设拥挤而热闹，桌面的玻璃底下压满名片，浸透了汗水的笔记本被翻得发蔫儿。墙上挂着街道办颁发的"优秀个体户"奖状、个人表示感谢的锦旗、工作规章制度、收费标准。以奖章与荣誉为背景的那张椅子，是胖妇人固有的工作岗位。她一屁股坐下去，和善与认真的工作态度便从她的脸上浮起来。

女人翻动发蔫儿的笔记本，胖妇人含笑夺过去，顺手送进胸前的抽屉，撑开两肘，双手十指交叉，问女人的工作情况。门口行人的影子打女人面上一闪而过，女人朝外睒了一眼说，没意思，想换了。胖妇人皮革般黑得发亮的脸上有两坨腮红，滋润中却混含着岁月风霜。她前倾身体，桌沿嵌进她胸前的肉。她十分欢喜地看着女人，口齿流利地背出工种和月薪，重点强调欲招保姆的退休老干部丧妻五年，家底殷实，儿女在沿海地区混得阔绰。女人正要问寻更多内容，手机铃响，胖妇人闻之满脸诧异。女人颇为费劲儿地从包里摸出老款男式手机，律师曾用过两年，表面刮磨得斑驳。女人并不知道，自己于律师犹如鸡肋，弃之可惜，咽之卡喉。律师一旦发现女人出门，他便丢魂似的寻找。律师给女人买了电话卡，充了几十块钱，以便能随时联络到女人。

　　女人"喂"了两声，听不清，两步跨出中介所，前后左右挪了两步，转几个半圈，总算听见了律师的狂躁声音。为避免讯号断开，她保持一个相当滑稽的姿势没动，两条腿分得很开，侧身怪异地倾斜，像从窗口探身和别人说话。女人应聘保姆的想法立即被律师的电话瓦解，她像一只归巢的鸟那样，以最快的速度、最甜蜜的心情回到律师的身边，只说去了在酒店工作的老乡那里聊天，遭到律师一顿数落，责怪她和那些"低层次"的人在一起"太容易学坏"。女人听了不觉得刺耳，倒有些夫贵妻荣的娇。对未来生活的幻想，就像律师嘴里吐出的烟，袅袅升腾。

　　离婚的事悬而未决，女人在律师怀里难以踏实。她咬着自己的指甲，望向窗格子外阴沉的天，直到雨点落下来，才爬起来去收衣服。在露天阳台上，女人听见律师的电话响了，楼下的摩托车喷出青烟和噪音；街上的人撑起了伞；一个少年在雨中奔跑……女人忽然想自己的儿子了。大儿子曾来过一次电话，说他找了女朋友，打算过一阵带回来订婚。女人只道是男人唆使儿子骗她回家，没有当真。后来听冷姓妇人说起自己未来的儿媳妇，那个可怜的女孩儿父母双亡，长得高挑，皮肤白里透红，是上等货色，女人心里便不是滋味。儿子订婚，爱情得不到母亲的祝福，不免把情感完全偏向父亲，对母亲冷漠起来。至于小儿子，在厨艺学校学习，除了找女人要钱，也难得说话或见面。

女人一阵清冷，感到周遭漆黑，只剩自己在贴着地面飞行。

律师与女人谈起未来，要女人去学技术，比如电脑。女人没信心，更没兴趣。律师便说她好逸恶劳，总想不劳而获。女人不辩驳，心想，自己一把年纪，脚笨手笨，怎能和小姑娘比拼。律师滔滔不绝，女人如事实一样沉默，面带微笑从无异议。她崇拜律师广博的知识，但是，律师的傲慢与霸道带给她屈辱感，她自认低他一等，却不能忍受他语调里的鄙夷。不过，一想到律师年奔六十，日暮旦夕，雄威不了几年，女人心里就平衡舒坦了，并涌出某种小姑娘似的骄傲。

老干部七十有余，腿脚利索，身板健壮，花白头发映衬着清瘦面孔，精神里也透出健康的色彩。这样的人怎么需要请保姆？女人这么想也这么说了。老干部却笑容可掬，向女人交代每天的工作，无非是买菜做饭、洗衣拖地，完了又说道：我呢，海军出身，在船上待久了，偶尔会觉得房子在晃，要是我突然摔倒了，你不用怕。老人调皮地左摇右晃，带些年轻时的遗韵，把女人逗笑了。女人说因为孩子的事情，暂时不能当住家保姆，不过她会尽快安排好。老人摆摆手说没问题，紧跟着问起女人的丈夫。女人如实相告。老人深抱同情，说女人如需帮助,尽管找他。老人的热情与慷慨,使女人想到律师这只一毛不拔的铁公鸡以及他的风流习性,律师对自己有几分真情,女人毫无把握。

女人自此早出晚归,伺候老干部,对律师则说是给别人带不满周岁的孩子,还说那一家人友善和蔼,言语平等。律师虽不愿女人干这低人一等的活儿,但深知女人目前又没有更好的选择,只得一日挨一日,寄希望于女人迷途知返。

除却一日三餐,女人还陪老干部聊天、散步、打扑克。精力十足的老干部细心、幽默,且十分尊重女人。女人问他吃什么菜喝什么汤,他叫女人想吃什么便买什么,有时会特地专门嘱咐女人买乌鸡当归党参红枣。女人明白晓得,暗自感动,这辈子没遇上对她这么关心体贴的人。老干部的确喜欢女人的朴素、健康和年轻,只不挑明,偶尔对女人的婚姻状况旁敲侧击,女人都明白晓得。这样理所当然地减轻了律师的重要性,甚至觉得她已经不需要他了。

女人的性子有所变化,没以前那么好忍耐,发起脾气来不管前面是刀山还是火海扭头就冲了。通常是女人冲到老干部家,在老干部这儿她感到自在轻松平等并且快乐。就是其间与律师产生别扭的某一个晚上,女人在老干部家消了气,便和老干部同床共枕了。第二个晚上,律师打女人电话,不消几句,女人就服服帖帖地回到律师身边,但隐瞒了与老干部的关系。当然,她还需要编一套足以引起理解与同情的谎言对付老干部。

有时,女人觉得律师是爱自己的。她琢磨律师的心思,五十多岁的男人,一晃就成了干瘪老头儿,的确没时间挑肥拣瘦了,碰到女人这样肌肉红润善良朴素的人,总是暖心窝的事,很难下决心把她丢掉。

像女人和律师这种年龄且经历过婚姻生活的男女，要考虑的基本上与爱情、门当户对、共同语言没有关系，如果硬要扯上一个共同理想的话，那就是一起白头到老。这种朴素的情感，除诗人们能解析出巨大的浪漫色彩以外，估计日常生活中的当事人都是麻木的。可悲的是，这对男女都头脑发热地希望从对方那里得到爱情以及体验年轻男女该诞生的那种体验。用"爱一遭"弥补过去，几乎是他们眼下最热情的理想。

　　女人糍粑心，没多久便陷入老干部与律师之间的怪圈，这边黏，那边缠，添了新烦，加上和家里男人的关系没理清，宛如被蛛丝网缚住的虫子，一筹莫展。律师握着爱情，永远举棋不定；老干部持有关怀，且真心视她为生命中最后的女人，老干部的做法使女人的心窝宛如母鸡的胸脯那般温暖柔和。不遂人意的是，女人没有勇气把老干部带到白发的父亲跟前，两个白头翁翁婿相称的场面不合家庭伦理，更不合乡间伦理，再想象与老干部成双成对后的背后议论，女人也觉得会丢了颜面。她想回家算了，但又过怕了那种生不如死的日子。于是她明白和男人离婚是当务之急，才知道脚踏两只船晃得厉害。老干部给的薪水，买几套衣服就所剩无几，稍微快乐了一阵，又为离婚官司的钱发起愁来。

　　女人又拖泥带水地过了一阵，烦得没个去处。这期间，小儿子来找女人要过一次钱，女人给了五十元，轻声埋怨儿子应该找他的父亲。大儿子在电话里骂了难听的话，全部抹掉了她的生养苦劳，还说她嫌贫爱富，抛夫弃子，用词刻毒把女人捅得泪眼婆娑。女人擦罢泪，心里将大儿子与男人并在一起合骂了几句，渺茫一片。

　　女人找男人论离婚，男人态度未改。女人有意在律师眼皮底下重拟离婚诉状，律师眯眼抽烟，闲庭信步，对诉讼费只字不提，还指点女人日期有误。女人手重笔拙，笔尖划破了纸，始终羞于说出钱的问题，倒是恶狠狠地记下了与男人感情破裂的种种事实。有一阵无人说话，二人在昏室中如两只沉默的麻雀。后来，律师教女人在法庭上如何拣要害处说话，连细节处也顾及到了，存了私心替女人使劲儿，就是想不到女人金钱上的困难，女人也是嘴唇紧闭地保护爱情的纯洁。

女人挤了公交车，上了老干部的床，夜里拿出离婚诉状，掏了一阵心窝话，老干部经验十足，心领神会，立刻给女人两千块。唯让女人亲笔写了借条一张，连同身份证一起交给他保管。老干部做这一切时充满热情、体贴与关爱，女人感动他心肠柔软，想到律师的悭吝、狡猾与一毛不拔，一股铁了心和老干部过的冲动泼头浇灌。第二天，女人咬咬牙对律师提出分手，说了几句自贬自贱的话。律师没当真，后见女人一连三晚没回来，才发现情况有变，不断打女人的电话，一曲又一曲《好一朵美丽的茉莉花》，女人充耳不闻。老干部催她接听，笑容像斜阳普照，目光如湖水闪烁。女人说是家里男人的纠缠，接了就会吵架，吵得头痛。老干部便说，明天买点天麻，炖上一只鸡，船到桥头自然直，莫想太多，将来有我，谁也欺负你不得。女人听了落了两行眼泪，把两千块捂得温热才放进兜里。

天气倒是喜洋洋的，阳光干净，撒上法院门口的数十级台阶，不生一粒尘。女人一级一级数上去，腿肚子打颤。进楼又爬了三层，往窗户底下一看，只见男人带了一拨嘴里嚼着菜包子、手里拎着矿泉水瓶子的人马，七嘴八舌地漫延上来。男人那句"会死人"的话让女人数了数夜绵羊，此时她吓得几步跑进陈姓妇人的法官办公室。陈姓妇人全副武装准备出庭，帽徽闪闪发光，女人因她的威严又吓了一跳。陈姓妇人让女人坐下，倒水相慰，语重心长地要女人做好思想准备，这次判离比较困难，要求女人在法庭上保持情绪平静，不可争执。女人一听诉讼费白搭，身体一松，又想到漫长的纠缠，求陈法官一定要判下来，她实在没办法和男人过下去了。陈法官道：实话说吧，你大儿子来找过我，把我堵在厕所门口，不许我判离，一脸凶相。陈法官抬腕看表，接着说，八号庭，你先过去，我随后来。

女人找到八号庭，一推门，聒噪声浪劈头盖脸地涌过来，男人带来的人马正在里面高谈阔论，面部黧黑、脖子赤红。陈法官因混杂的空气皱了眉头，这等场景她司空见惯，迅速恢复了应有的表情。见到陈法官，旁听席上的村民们立刻鸦雀无声。陈法官环扫一眼，重申了法庭的纪律要求，然后宣布开庭。

女人的两个儿子坐在男人背后的旁听席上，对女人冷眼相待，其他村民们满脸新奇，伸长了脖子等着看下面的戏。女人缩在"原告"牌后边，不敢抬头，眼角余光发现村里的冷姓妇人和老妇人竟坐在她这边，显然是她的支持者，心里稍微暖和，坐正了腰背。当陈法官宣布原告陈词时，女人脑子里却一片空白。于是结结巴巴、七零八落地讲了些鸡毛蒜皮的陈谷子烂芝麻事，不像离婚陈述，仿佛一个女人对丈夫的正常埋怨，她的婚姻听起来毫无问题，她本人也没有离婚的想法。陈法官也只是走个形式，对女人不做些点拨性的提问，等女人说完，便问两个儿子的意见。大儿子似是准备已久，发言踊跃，嘴里振振有词，说女人不是个好母亲好妻子，把女人数落得一无是处。大儿子滔滔不绝，陈法官打断他，问他是否同意父母离婚。大儿子冰冷地说不同意。陈法官又问小儿子，小儿子意见相同，只是声音较低。女人知道是男人教儿子来污蔑她，早已气得暗自哆嗦，眼圈红了，脸扭到一边。陈法官一番陈述总结之后，宣布女人婚姻并未完全破裂，判维持婚姻现状，如有问题，可半年之后再提起离婚诉讼。

村民们站起来，尾随男人及其两个儿子扬长而去。女人慢吞吞、孤零零地落到后边，恍惚如梦，冷姓妇人和老妇人跟在其后默不作声。等男人们走远了，她们挪步出了法院，下了门口的台阶。老妇人摸着女人的手，用她潮湿浑浊的眼睛望着女人，说道：闺女啊，真的委屈你了。女人不知道老妇人了解到什么情况，老妇人的理解使她多少有点含冤昭雪。冷姓妇人倒没哭，也不再拿自己的遭遇教育女人，只问：非要走到这一步，不想回头吗？女人摇摇头，脸如阳光般苍白。冷姓妇人已经失去以往规劝女人的那份真挚，似是要从女人嘴中得到比法院判决更真实的答案，听见女人牙缝里挤出九头牛也拉不转的话，便夹紧自己的小皮包快步追赶回村的大部队去了。

法院门口空空荡荡。老妇人的枯爪搭住女人的手，眼里潮湿的东西越聚越浓，颤颤巍巍说道：你男人是个混账鬼，有件事不知当不当说，他们这是合伙儿欺负你啊。老妇人如女人茫茫两眼之中的孤舟，荡着神秘与希望，女人反抓住老妇人的手急切追问。老妇人犹豫片刻，望向冷姓妇人的背影说道：你的男人，跟她不清白，也没怎么遮掩关系，左邻右里都晓得的。

女人着实吃了一惊。

律师相当平静，判决结果在意料之中，他小眼一眯，有种经验丰富手到擒来的傲慢。女人离不成婚，他就有搪塞的理由以及充分的时间考虑他们的关系。他比任何人更需要这个结果。他跟女人讲了些不痛不痒的人生道理，其间穿插一些不着调的计划。女人无法分析自己的处境，仍不时回到律师的处所，心境黯淡，连续颓丧了几天，理不清，就索性什么都扔到一边，连律师也不放心上了。女人是天生的哲学家，就这样解放了自己。

日子潜了下来，一晃又是月余。女人到底不懂周旋，终让律师察觉她另有隐情，猜疑却无证据。律师对女人的行为表现出宽容与理解，毕竟他们尚未确定关系，女人有选择的自由。不过律师豁达有因，没多久便水落石出了。

当女人听到黑瘦多斑的李姓妇人怀了律师的种，也无悲伤，只笑说律师烧了香，心想事成，说不定是个可传烟火的带把儿儿子。女人话里或许有几分酸味儿，同时也落得一阵轻松，终于可以不为这档子事伤神了。显而易见，律师也不干净，与李姓妇人的关系并未断除，但这并不影响他对女人说出惊天动地、道貌岸然的话来。所谓爱女人端庄贤惠朴素的本分，是可终身的好伴侣，律师现在也不好意思再提，只是反复强调他不介意女人和老干部的感情，他想女人也不应将李姓妇人当回事，毕竟他律师爱的是女人，他受不起李姓妇人的野蛮粗暴。明白易懂的说法是，他和女人扯平了，谁也没有对不起谁。女人似乎亦能容忍这件事，依旧平和地和律师相处，关注律师的态度以及胎儿的命运，确信律师不愿和李姓妇人生儿育女，也没有欢喜。这时刻，女人完全没有了结婚的想法，她感到世界灰茫茫一片，她是那孤零零一粒尘，落在某个角落静寂无声。

老干部对女人的行踪似有所察觉，收紧了手，同时与女人进行了一次开诚布公的谈话。大意是只要女人安心跟他，他将每月给女人两千块钱，这两千块钱女人可以净入口袋，日常开支全部由他来负责，将来他死了，他银行的不明数目以及这房子全归女人。他的子女们家境殷实，心地善良，说不定还会给女人一笔赡养费。倘若女人跟了他，他所做的第一件事就是带女人去香港澳门甚至欧洲玩上一趟，女人此生将衣食无忧。比起虚无磨人的爱情，老干部提供的一切更为迷人。女人想遂了老干部的愿，简化人生，养尊处优地度过下半生。女人说服自己与老干部安心过了一阵，或许是受不了老干部身上日积月累的气味和老年斑，或许是眷恋律师，心猿意马的情绪十分明显。老干部心知肚明，佯装糊涂，女人听不懂他旁敲侧击与意味深长的暗示，只感到自己真的变成了蝙蝠，被浑浊的空气袭卷。女人曾找老干部要身份证打算另找工作，老干部毫不含糊，说身份证与借条绑在一起，她还钱，他才还证。女人这才意识到走错了棋，吃了哑巴亏。

听说大儿子病了，手术完在家休养，女人到底按捺不住，买了些东西回家看望儿子，遭到公婆辱骂。男人主动提出离婚。儿子对女人的误会与不理解使她身体冰冷，她受训似的站了几分钟，狠心要走，一头撞到门框上，眼冒金星，忍了满眶的眼泪出了村才滚落下来。

中介所的胖女人给女人传送一个消息：某处一丧妻干部，正当壮年，有房，想找个一米六五以上的年轻女人，户籍不限，农与非农都无所谓。此时女人已觉得男人无论老少，都薄情多变，心中的爱情理想亦已七零八落，不过女人未曾真实触摸过爱情的完整躯体，律师不过是爱情这头大象中的一根毫毛，她曾经像虱子那样以为找到了藏身的森林。现在，女人连低飞都感到困难，心里头白茫茫一片。

2007.10.20广州

1937年的留声机

1

那一天，日本人如蝗虫般涌进城门。

有一阵子什么也听不见，只有马蹄和皮靴的混合声，仿佛一只大怪兽向你的心窝挺进。

有一阵子什么也看不见，茂密的刺刀制造出弥天白光。即便拉上了厚实的窗帘，也能感觉到那白光的嚣张。

我竖起耳朵听着外面的声响，有时候安静得出奇。老鼠在天花板夹层奔跑，夜里到处磨牙，将木头啃出了白骨，像是要为祖传的老屋翻新。父亲那天出门就没再回来。我在家里待了三天，吃完了最后一枚鸡蛋，扯秃了后院的小菜地。正无计可施，邻居敲响木窗，说公园里表演杀人比赛，把我爹当靶子砍了。

黄昏时，我熬不住了。我脱下粉色大袍，穿上父亲的深灰长袄、母亲的黑布鞋，胡乱将长发卷成一团，取了父亲的巴拿马帽扣上。我没去管自己的形象是否滑稽，只是拉低帽檐，往公园方向走。我看见有的房子被削去半边，有的颓坐在地，视觉上突然空出一大块。一些灰烬余烟未熄。偶尔有人拎着一口大箱子神色匆匆。梧桐树显眼的刀伤里流出来的汁液凝结着，断枝横在人行道上。

我听到摩托车声，闪入胡同贴紧墙壁。一辆三轮摩托车傲慢地晃过去，车上的军人正说着中国姑娘的私处。

差不多快瘫软在墙根时，我挺直了腰。父亲不喜欢怯弱，他欣赏鉴湖女侠，也提她办的杂志、她发的文章。我猜想父亲爱过那位女侠，他把我当小子养，就是为了养出一位巾帼英雄。父亲不算失败，至少他用二十五年给自己培养了一个知己，我是唯一能陪父亲抽烟喝酒论天下的人。

　　于是我感觉穿着父亲的长袄很是得体，模仿起父亲走路的姿势，迈起了微微外撇的八字步。从前我们老去公园消磨时光，我喂完鸽子和人打架，父亲下象棋，母亲随着二胡喊几嗓子。

　　我很快到了公园，里面空空荡荡，留下被糟蹋过的痕迹。我穿过梧桐树林，走到湖那边，在凹形草坡上发现了血迹和碎骨粒。父亲的血在草地上变成了红色泥浆。

　　那一瞬间，我双目失明两耳失聪，脑海里混沌一片。我胃里翻江倒海，我想呕吐，有什么东西堵住了喉咙，跌撞着离开了那儿。不知过了多久，冷风刺醒了我，我抱着梧桐树还魂。我先是看见自己吐了一地的秽物，接着见到几个日本人朝我走来。他们横挎武士刀，右胳膊弯曲，手握刀柄，其中一把刀鞘的暗红花纹，像母亲从前的某件旗袍。

　　五双皮靴围着我，他们的脸映在自己的皮靴上。于是我看到了十个军官。我的表情在他们走近之前已经固定，像出战时戴好了面具。我能从刀柄辨识官衔级别，铝质的、缠绳的、浅蓝的、血红的、铜的、银的、象牙的……这是父亲培养的结果，他不稀罕一个只会绣花的漂亮女儿。我在日本留学时便迷上刀和武士道，我的书房里挂满了直刀太刀薙刀打刀，也有艺伎的扇子与木屐。现在，我像个男人那样叉开八字步站着，仿佛也腰挎打刀，刀刃朝上，立可刺啦出鞘拔斩对手。

　　空气里夹着一股隐约的血腥味儿。

刀柄为浅蓝色的军官级别最高，他朝我问话。我日语很好，但木然不答。有一位见我怠慢无礼，骂了一句粗口，抓住缠绳刀柄拔刀出鞘。不过，他对那道寒光的期望过高，我仍像根木头，连眼皮都没有动一下。我每天要擦拭一百把武士刀，经受一百道寒光的逼射，我对刀只有亲近，没有惧怕。若在平时，我会指出这家伙拔刀的姿势过于夸张，破坏了刀尖出鞘那一刻的缥缈诗意；然后聊聊他的薙刀，这种江户时代习武女性的主要武器，如何让它在手无寸铁的人面前老实地待在鞘里。

有两位紧接着也拔出了薙刀，在我眼前比划了几下。只有一位军官始终很安静，他已经转过身去，一只手搁在铝质刀柄上，心不在焉地抽烟，像在等待这一幕快点结束。他有股忧伤的气质，称得上英俊，面熟，似乎在哪儿见过。

我像个弱智，不好玩儿，这让他们感到无趣，他们准备离开。骂粗话的那位不甘心，像是一定要把我逗乐，挽回一点薄面。他手腕一抖，仿佛钓鱼，刀尖轻巧地勾起我的帽子甩向空中，横刀疾扫，将父亲昂贵的巴拿马帽切成两半。于是我看见父亲的脑袋裂开鲜血喷溅，他们看到我长发散落变成姑娘。

他们全愣住了。他们吃惊，因为他们扛枪打仗，挥刀砍人，见足了世面，但从没见过这样乌发照人、粉白英气的中国姑娘。这刺激了他们旺盛的破坏欲。先是用怀疑的刀尖撩起我的乌发，在刀上缠绕几圈，稍稍用力一扯，我耳边嚓的一声，断发飘落。刀尖还想在我的脸上留道口子，出于亵玩的私心，级别最高的军官制止了刀尖的鲁莽，说我比戏子孟小冬还要清俊冷媚，他要完玉无瑕。

事隔多年，我已经忘了他们更多的淫言秽语。大地是一副上好的棺材，他们将我放进去，却并不急于盖棺，鲜花开在很远的草原上。我听到皮带金属扣的声音，他们松开裤腰带，解下了枪套，像上洗手间那样排队等着。

一时间马蹄声交错，黄沙滚滚，大漠荒原寸草不生。

我看见枯枝摇晃，天幕慢慢变青。地里的寒气冷却了我的心脏。我躺在那儿，雪白的身体在昏昧中通体透明泛着荧光，照见他们的脸，战火纷飞。夜的氤氲填满了所有的缝隙。无巢可归的夜鸟哀叫着掠过我的瞳孔。我漂浮在夜海上，听见水底群鱼的呢喃。

"麻生，到你了。"

"喂，呆尿，你不会还是个雏儿吧？"

"……麻生，速战速决，别留活口。这是命令。"

"再砍五个，你就晋升了，可以换成柄儿缠绳的好刀了。"

脚步凌乱远去。

只剩寂静，风吹草动。

2

"妈的……秦始皇封爵才按死人头算。"阴影嘀咕着，像从地里长出来的植物伸到我眼前。

我看见他耳朵后面浮起的半个月亮，是烤黄了的颜色，像母亲煎好的南瓜饼被谁咬了一口。厨房里的母亲是个魔术师，一根莴笋她能变出三道菜来：笋叶鸡蛋汤；笋根炒肉；笋皮用醋浸泡，放上一勺剁辣椒，开胃爽口。父亲想喝酒时总要赖我，"小雅说此菜无酒不香"，"小雅有文章见报，当小酌为贺"。我们喝母亲酿制的糯米甜酒，也喝进口的葡萄酒、威士忌，更多时候喝我们自己的陕西老太白、青岛既墨，还有石合泰。父亲从不酗酒，他很节制，就像他在文章中对形容词的使用。他没留过洋，但这不妨碍他成为绅士。我常想遇到一个像父亲这样的男人，不顾一切地爱他。

植物探测我有无鼻息，他的手有股冰凉的烟味儿。长了霉的月亮正在变圆。树的阴影涂在我的脸上。他一直在旁边看着我，等到月亮偏移，树影挪开，他才知道我睁着眼睛。我看见了他，黑毛衣敞露，把外套盖在我身上。我无力掀掉他的军装，更没有力气抽出他身上的刀。

"请让我送你回去。"他是跪着的，双手放在大腿上，语气短促而生硬。

小时候父亲跟我下棋下累了，便换成这种跪坐的姿势。每逢这时，我便知道我要赢了。这时父亲就得带我出去，比如兜里揣满小石子去山里用弹弓打鸟，或者到草场骑马，我最喜欢去父亲的报馆闻新报纸的油墨香味儿。父亲总是梳着边分，戴着圆框眼镜，长衫整洁，他会告诉我，刚才摸我脑瓜子的是哪个大人物，哪里发生了战争，死伤如何；谁被暗杀了，用的是勃朗宁还是毛瑟枪。他给我讲五四运动、北洋军阀，说他的同行邵飘萍与《京报》。杀戮与血腥是父亲给我讲的全部童话故事，他从不描述公主与王子的幸福生活。

我只是躺着。那人把我扶起来，晃动我的肩膀，"请告诉我，我应该把你送到哪里去？"

我没有反应。他沉默半晌，突然扛起我，我像一袋面粉那样耷在他的肩上。我们走出了树林。街上的路灯坏了，黑一段亮一段。他走得很慢，在十字路口时略作停顿，仍然拣直路行走。我耷拉的双手不时碰到他的长刀，亮光下可以看见刀柄上雕刻着"麻生"二字。我认得他腰间的棕色盒子里是一把南部式手枪，父亲说过它叫"王八盒子""鸡腿儿撸子"，装八发子弹，射程六十米……我可以摸出它来，用枪口戳住他的脊梁骨。但我的手只是布条似的耷着。远处混乱，突然响起的枪声也不能打断我对路面坑洼的关注。有片刻我觉得温暖舒适，就像小时候趴在父亲的背上。

麻生很难把门敲开。窗口原本亮着的微光听到声音便灭了，屋里的人敛声屏息并捂住了孩子的嘴。后来这个日本人改用踹门的方式得以进屋，"认识她吗？"他让他们看我的脸。我的头发被他们用抖动的手指撩开。我以为这游戏会一直玩儿下去，但半小时以后就结束了。有人认出了我，说这姑娘住在西祠胡同处仁堂老宅，门口有株大梧桐，她父亲是报馆主编，她在女子学校教书。说罢，那人还亲自领了一截路，因为我家住在深巷子里，不好找。

3

麻生扛着我在黑暗中摸索开关，灯一亮，留声机唱起了《雨夜花》。他将我平放在沙发，仿佛搁置一件巨大的瓷器。这件瓷器保持他放下的样子，里外脏污。他迅速扫视了一下屋内陈设，他定不认得巴洛克风格的大衣柜、几案、箱柜、椅凳、西洋花饰、磨边镜子……这并不影响他感受家的温馨，于是他的脸上露出了羡慕与稚气，但也只是一闪而过。在怪异的气氛中，他朝我鞠躬离开，五分钟后又出现在我面前。他一直瞪着我，像一只动物看着另一只动物。他不说话，转身闩好门，开始剥我的衣服。他始终盯着自己的双手，仿佛在用眼睛解开每一颗纽扣。

里外脏污的白瓷瓶泡在浴缸里不能自理，白色泡沫碎裂时像零星的枪声刺激耳膜，我空洞的腹腔里发出嗡嗡的回响。他守在门边抽烟。抽烟似乎是他的宗教，他因此得到了神谕，获得了勇气。他挽起衣袖，用香皂洗手，坚定而缓慢，如此反复几遍，仿佛某种仪式。完成这一切之后，他走向战场，走向浴缸，朝我俯下身来。

像母亲平时清洁家中的器具一样，他拿海绵仔细地擦过瓶颈、瓶底、瓶身，冲洗干净，再用浴巾裹了，放到床上，盖好被子，自己坐在圈椅上默不作声。他已经摘去帽子，卸下了枪械武装，他是一个着黑毛衣的普通男人，这一刻他仿佛坐在自己家里，守着生病的妻子。

"请你……放声哭出来，好吗？"他低头对自己的靴子说，"请让我听到你的声音。"

台灯灯罩上的花纹投映在天花板上，阴影像一群蝴蝶。我数着它们，但总也数不清，渐渐感觉困倦。

他站起来朝我躬下了腰。"……请你坚强地……活下去。"

我的身体向湖底沉落，水覆没了我的眼睛，醒来时身上套着睡衣，窗口发青，温度有点下降。他似乎一直等着，我一睁开眼，他便去打热水，拧毛巾时水滴到瓷盆里，发出叮叮当当的声响。他给我洗脸。他从前没干过这种活儿，不知从哪里下手，手上拿不准使几分力。他小心翼翼，东一下西一下，仿佛一位画家在已完成的大作前不时做几处点补。小时候，父亲给我洗脸时就是这样，既怕没洗干净，又怕把我擦坏了，他说我的脸像一块水豆腐。

油条、豆浆、包子、八宝粥，案几上冒着热气。麻生扶我依靠在床头，手碰到我湿透的衣摆，一愣，旋即明白怎么回事。他以军人的训练有素换下了我的衣服和床单，像是给树剥皮，手脚麻利，没有一丝犹疑或停顿。最后，他要做一件最麻烦的事——给我喂饭。我不会咀嚼，不会吞咽，他喂豆浆，豆浆顺着我的嘴角流下来；塞包子，包子只是撑开了我的嘴巴。我什么也没吃。除非拿管子伸进我的食道直接灌下去。

他似乎赶时间，看一下腕上的表，拧紧眉头，不得不穿衣戴帽准备出门。在他收拾自己时，我赤脚下地，往大门口飘去。他将我拦腰抱起，放回四柱床上，略一思忖，又找来粗麻绳，将我双手分别绑定在两边床柱，再给我掖好被子，"非常对不起，"他朝我躬一躬，"外面太危险，委屈你了。"

他走时打开了留声机，将音量调到仿佛来自遥远的地方，"雨夜花，雨夜花，受风雨吹落地，无人看见每日怨嗟，花谢落土不再回……"他轻轻合上大门，落锁。

4

下午两点，麻生回来时唱片正发出"吱吱"的声音。我还是他放下的原样躺在被子里。他把我解开，看看手腕是否勒伤，又扶我起来，将我的脚塞进棉拖鞋里，把我弄到马桶上。他的衣袖上有几点不太明显的血迹，像两朵隐花。稍后我靠在沙发上，身上盖着朱红毛毯。我望着西窗外的空院，梧桐树叶都落光了，只有盆里的紫菊花还没开败，露出一点生机。麻生朝唱片呵气，掏出白手绢仔细擦了一遍，又从抽屉里找到新唱针换上。在《雨夜花》的背景音乐中，他把带回来的午餐摆好，有米饭、腊肉和一盅汤，汤盅是紫砂的，盖子像隆起的乳房。他用拇指与食指捏住乳头揭开盖儿，我闻到一股花旗参炖肉的香味儿。

"请你好好吃饭。"麻生说道。他老是鞠躬。

我依旧望着空院，枯草瑟瑟发抖。麻雀羽毛蓬松，在地上蹦跳着寻找草籽或虫蚁。每到冬天，当白雪覆盖院落，父亲在雪地撒上谷粒，我们用简单的米筛作工具捕获饥饿的鸟。我抓住猎物时，感觉它浑身颤抖，心脏扑扑直跳，仿佛知道大难临头。

父亲说，它们也有生存的权利。我们很快把它放了。

在饭菜变凉之前，麻生抓起了长柄铁勺，他舀足了一勺汤送到我嘴边，我纹丝不动。他突然粗暴地捏住我的下腭，这导致我的嘴巴自动张开，他几乎把勺子探进了我的喉咙。我嗓子里发出一阵怪异的声响，汤水顺着食管流了进去。我除了咬勺子无能为力。他就这样强迫我喝掉半盅汤，然后停下来，将米饭捣成泥，倒进剩下的汤里搅成流状物，以同样的方式灌我。他替我擦干净嘴巴，收拾空碗碟时，脸色似乎亮了一点。

留声机关了。有一阵我们坐着，各自看着某个地方，长久地沉默。他样子很疲惫，靠着椅背像是睡着了，但是落叶擦过窗玻璃的细微声响也会把他惊醒，他伸手摸枪。

四点钟的时候，突然有缕阳光从西窗直射进来，冲散了屋里的晦气。他把我放进圈椅，又连人带椅搬到窗边，让我面对斜阳，然后拿把梳子给我梳头发。他梳得耐心细致，像擦拭心爱的武士刀，直到我的头发如刀一样光鉴照人。

"以前经常给我妹妹梳头……她十年前去世了。要是她还活着的话，应该有二十五岁了。"他自言自语。

我鼻尖微汗，脸上有点发热。我从玻璃上看到一些模糊的影子，仿佛黑白底片。父亲坐在圈椅里读书，我放学进门，父亲叫住我，要我谈谈日本的"明治维新"。我只能说出改历、易服、剪发的事，前因后果并不知道。父亲做了深度阐述，最后说历史不是没有生命的僵尸，是镜子，能照见现在，也预示未来。这是1927年，我十五岁。就在这一天父亲希望我留学日本。晚餐中，父亲喝到微醺，有一种凤愿即将实现的兴奋。

阳光消隐，窗玻璃变成宣纸的颜色。父亲落下两行笔墨，"不惜千金买宝刀，貂裘换酒也堪豪"，他说这是鉴湖女侠的诗。那时我已从报纸上见过那个云鬓高耸、身穿和服、手执匕首的女人，脸和刀一样散发着俊美幽光。

麻生意识到天色发暗，阴冷重袭，他把我抱回沙发，毛毯一直覆盖到我的脚尖。

"1927年日本大地震……妹妹被埋在废墟底下。"他拿起我和父母的合影看了一阵，小心地放回原处，"我已经离开日本三年了。"

他面朝凋敝的院落站着，屋里的光线变得更为模糊。

"战争……从来就不长眼睛，刀和子弹都失去了理智，他们像猎取兔子一样在街上射杀平民。"他和空气交谈，他和空气保持一致的虚幻。"……我今天杀了一个中国人……他是无辜的。我要服从命令……当时我……多么希望我是条狗。"

夜里，他安顿好我，看着我闭上眼睛，他开始擦唱片，听留声机，用口琴学吹《雨夜花》的旋律，一遍又一遍。他迷上了这支曲子，或者是百无聊赖。

漫长的安静之后，他将他的左手和我的右手绑在一起，在我身边和衣躺下，腿搁在床沿，仰面睡去。

5

隐约听到混乱的响动，枪声过后，寂静如奶油涂满手中的面包。

连续一周，麻生强行灌我吃喝，他总能弄到好东西，牛奶、鸡汤、猪肉、鲜鱼……所有的食品做成糊状物。我不知道那是他用枪逼着别人做的，正如那些人不知道他们是在为我准备。他照例出门前将我绑起来，向我鞠躬，表示歉意。锁门。回来再松绑，检查我是否受伤，喂饭，给我洗澡，换洗脏衣服。偶尔自说自话。比如外面的事，他们的刀砍出了缺口，今天活埋了多少人，集中射杀了多少百姓，鲜血如何染红了长江。

"你们的手上沾了那么多无辜者的鲜血，整条黄河水也洗不干净……你们将是永远的罪人啊。"他不时对自己来上这么一句。

这一天，他弄到了一顶巴拿马帽子，给我穿上了父亲的深蓝色长袍，长袍下摆被烟灰烧了一个洞，他对着那个破烟洞说："你很帅气，不管孟小冬怎么样，我觉得你无人可比。"

我开始自己吃东西，眼珠偶尔转动，毫无神采。他像看到自己的孩子学会了拿筷子吃饭，有点惊喜。我们跪坐在地毯上，我们按他们的方式进餐。

我有时将目光落在他的脸上，像蝴蝶停在树枝，无意识的。他以为我要说话，紧盯着我的嘴，好像等待火车从山洞里开出来。

蝴蝶草草飞走了。但它听到了树底里汁液的流动，自然的生命，无关乎善恶美丑。他也许二十三岁，也许二十五岁，战争给他套上了面具，他表情单一。

"对不起，如果你不介意……我想尝尝那个……"他站起来，从酒柜中取出半瓶老太白，边说边拧开了瓶盖，直接对嘴喝了一口，呷出很大的声响。"……我真想像你这样，什么都不知道了，也不用受折磨了。"

酒香刺激了我。父亲总是先给我倒上半杯，再给自己满上。

我把手伸向空中。麻生有点迷惑，但仍试着把酒瓶递给了我。他的手似乎被冻伤了，手背上有带血丝的裂纹。我学他的样子喝酒，他把酒瓶抢回去，转身从酒柜里取了两只水晶杯，摆放案几，给我倒了半杯，再给自己满上。

他低举酒杯，左手轻托着端杯的右手腕，十分庄重。

我没有理他，把酒倒在饭碗里，加了两勺汤，开始搅拌。

他也不管我，一饮而尽。就这样连喝了几杯，很快有了醉意。他拧紧了瓶盖。"我不能醉……我还要照顾你，你要是趁我不注意，有个三长两短……哎，说真的，你要是能跟我说会儿话，那我可谢天谢地了。"

我看着他。他和中国人一样。头发、肤色、五官，甚至他眼里流露出来的忧伤，也似曾相识。

"回日本，我要喝个痛快。"他把酒放回原处，拿起其他酒瓶看看商标，打开来闻闻气味，"你不应该是个哑巴……呃……其实我还能来点儿英语，你学过的吧？"他改用英语对酒瓶说道，"Hey, baby, what's your name? You know that I am a fucky orphan..."他转过身指着橱柜上的照片，那是我从日本回来时跟父母在码头的合影，他没注意到那艘白色邮轮上的日文。"你比我幸运……可你不幸生在一个……无能的国家。"

他摇摇头，"……不是我为日本人辩护……你们的军官贪生怕死，防卫司令弃城逃命，指挥系统全面瘫痪，懦弱的军人脱下军装，扔下武器，混进老百姓当中……"

他倾下杯口，用舌尖接着空杯里滚下的最后一滴酒。"我这么说你别生气……我丝毫没有幸灾乐祸的意思。我早就想明白了，在这场战争中，我和你是一样的可怜虫……我们就像弓箭和靶子，而那个操纵器械的人，是我的国家——日本，我和你……都是他们的游戏工具。"

他跪下来，在案几上趴了片刻，眼睛通红。

"在你们眼里……我们都是禽兽……是的，禽兽。放火、杀人、奸污，无恶不作。昨天，在放生寺、慈幼院避难的几百个难民被集体射杀……我端枪瞄准了，没有开枪……但是，那些射中他们的子弹，同样带着我的罪孽……"

我专心吃着酒泡饭，味道很怪，似乎有点甜。

他也安静了，像反刍的牛一样默默地嚼着嘴中的食物。

这个晚上他用口琴完整地吹奏出了《雨夜花》。那时我们平躺在床，天花板上的蝴蝶围着他的《雨夜花》翩翩起舞，直到他绑好我们的左右手，关了灯，呼吸平稳。

6

雪将黑夜垫高了半尺。寂静埋进了更深的地方。麻生风雪夜归，捧回一盆君子兰。原有的非洲茉莉、滴水观音、芦荟等植物立刻变得俗气。屋子里很暖和，他帽檐领口的雪已经化水，身上湿濡。

说不清从哪一天起，我再也没见到麻生穿军装，屋里多了一个单眼皮家居男人，他穿着父亲的长衫，头发浅短柔软，沉默少言，有时自己唠个没完。进门后他开始说"我回来了"，脱下外套挂上衣架时有点男主人的从容。他包揽了家里的一切杂事。他爱听留声机，学会吹奏整张唱片的歌曲。闲着没事就涂蜡擦地板，打理花草，一屋太平盛世。他在院里的小块泥地里种了什么菜，浇水施肥，每天蹲在那儿看它们生长，给它们吹奏《雨夜花》，有时和地里的昆虫聊上一阵。

他洗完手进了房间。我坐在梳妆台前梳头。最近他只是象征性地绑我，我轻易地解开了绳子。这是他期待的，这证明我愿意摆脱阴影，恢复正常。他不意外。

他走近我，接过梳子，梳顺了我的每一根头发，拢成蓬松一束，掏出白手绢扎紧。他俯下身给我化妆。往我脸上抹粉、描眉、画眼影，他很认真，像是在画板上绘画。当他托起我的下巴，用唇膏涂红我的嘴唇时，我抬起眼皮看着他。

他停住了。眼里海水漫上了沙滩，海藻在深处摇曳；一个清俊友善的男人，带着某种近乎软弱的忧伤。

他以时钟指针的速度慢慢向我低下头来。

我随时可以制止他。但是，我没有。

他的嘴唇印上我的嘴唇，像给文件盖章，庄重地按下去，停顿片刻，再挪开。

我从镜子里看见一张日本艺伎的脸，戴着雪白的面具。

然后，他像导盲犬，勾着我的指头走出房间。

老宅的大堂屋顶很高，木梁交错，中庭廊柱上贴着父亲写下的对联。

祭祖鼎中新上了三炷香，烛台上蜡烛高举。我父母的合影摆在中间。

麻生离开片刻，回来时恢复了日本军人形象，全副武装，动作规范严谨。他朝我的父母三鞠躬，弯腰良久。

"我不知道他们……万分抱歉……日本民族，毁了自己的尊严，自取其……辱"他对我说，并且跪下来，摘下自己的刀，双手举起，"请你杀了我。"他盛装求死。

这是一把长刀。在我收藏的所有刀中，没有一把参加过战争与杀戮。如果将这把浸过鲜血的铝柄长刀与那些武士刀放在一起，想必是艳压群芳。

刀很重，压住了我手腕的抖动。我握住刀柄缓缓地拖动，冷锋无声出鞘。刀刃薄得像纸，寂静如发丝漂浮。

我与刀彼此寒光闪闪地对视良久。

天井里，夜雪黯然飘落。烛光哔剥跳了几下。

我吸口气，将刀慢慢归鞘，魔鬼化作一缕青烟隐入宝盒。

我推开左侧的隐形门，这里通往我的地下收藏室。木质楼梯偏陡，踩上去吱呀作响。这是我的天堂。刀遍布每个角落。群刀像精灵在刀鞘中安睡。亲爱的，你们纯真质朴，没尝过血腥，不知道邪恶，现在好了，一个浑身沾满鲜血的魔鬼来到了你们中间。它已自我归降，仍是你们当中的一分子。你们不可欺负它，排挤它，你们只消每夜嗅着它的忏悔，听它灵魂的嘶鸣，便可明白，它只是无辜的工具，被真正的魔鬼攥在手里，那个魔鬼名叫——侵略。

我打开那口笨重木箱，这里保存着我从日本带回来的樱花粉色和服、木屐、银质头饰，还有各种零碎，我很快穿戴上身，手执一把深蓝色和扇，走出地下室。

麻生仍低头跪在那儿，木屐声清脆，一个和服女子衣摆拖地从他眼前扫过。他缓慢地站起来，跟着我，仿佛元神出窍。

我停在落地窗前看雪。雪花如飞蛾冲撞玻璃，它们渴慕屋里的光明与温暖。锈黄的铁煤炉上，水壶正冒着热气。母亲用这个炉子烧出了很多好日子。她前年病故之后，炉子一直凉着。是麻生把它烧热了。

君子兰叶形像剑。外面黑白分明。

7

　　"刀你留着也好……这些天我屡犯军纪，彻底惹怒了长官，他说我是窝囊废，身为军人，见了血却腿肚子发抖。我算什么军人呢？我是一个自由艺术家，我在画室工作着，被临时征召入伍，只受过短暂的训练，学会走正步、叠被子、洗床单、打包行装，发誓效忠天皇。我爱我的国家，我的确有为国捐躯的信念。但是，战争让我失望，它不是我想象中的那样，它没有正义没有原则没有道理……我们为谁而战？用武士刀来屠杀手无寸铁的无辜平民，这是对武士精神的侮辱。

　　"你不知道这些天外面都发生了什么。他们，他们……那些细节，你最好什么也别知道，你会呕吐，做噩梦，你会崩溃……抱歉，没有什么能刺激到你了，你甚至算得上幸运，你还活着，并且这么平静……安好。

　　"……明天我就要降为普通士兵了。这没什么，真的无所谓，最好是将我遣送回乡，我情愿无功而返，被人嘲笑，也不要挂满和罪孽对等的勋章与荣耀。没错，我曾经梦想过铜柄直刀、银柄的长刀……但我早就清醒了。我的刀是不会上缴的，我也没打算回部队，让他们认为我……已经死了。

　　"说来好笑，我给他们添麻烦了，我的阵亡书该投哪儿去？地震夺走了我的所有亲人，我和你一样，只剩下自己……"

　　下半夜麻生仍在呓语，我一直睁着眼睛。他好像必须讲完，他讲了一夜，天色麻灰时换上父亲的长袍，戴上巴拿马帽子出去了。回来时抱着一只猫，他说在街上捡的，它很可怜，在垃圾桶边冷得发抖。他喂它吃的，给它洗澡，用风筒将它吹干，一放到地上，它便像只雪球滚到橱柜边躲了起来。他去抱它，把它放在我膝头，说道："和平，和平……你以后就这么叫它。"

我没有反应。他突然有点沮丧。

"……但愿它能一直陪着你。"他把和平抱在怀里，摸着它。"日本军队明天大撤退，全部撤退，离开这儿……街上安全了。"

顿了一会儿，他说："我也该走了。"

"去哪儿？"我问。

"不知道。"他说。

他答完怔住了，"是你在说话？"

"是的。"我说，"如果你愿意，你可以继续留在这儿。"

麻生哑了。和平用脑袋蹭他的手。

我说了很多。我告诉他这些天的煎熬与感受。我想过自杀，麻生早料到了，他剥夺了我所有的机会。我动过杀他的念头。我想过提着他的脑袋去见那些日本人。我想过用他的驳克枪打死他们，用他的武士刀砍倒他们，与他们同归于尽。但犹豫再三，最终放弃，我仿佛听见父亲告诉我，那是莽夫，不是勇士。理智的勇士会带着耻辱活下去，作为一个亲历者、见证者，去告诉人们，今天发生了什么。

麻生不幸地生为侵略者，但他救了我。在某种意义上，其实他也是一个被侵略的人。

"麻生，你愿意留下来吗？"我问。

"是的，我愿意。"麻生说道。仿佛在婚礼上回答牧师的问题。

8

　　大撤退第三天，天色阴霾，仿佛硝烟还没散尽。麻生穿长袍戴礼帽与国人无异。我挽着他，穿过被摧毁的城市街道，我看见残雪下的血迹、角落里死因不明的尸体、发黑的颓墙、空洞的窗户……我伏在麻生的肩上沉痛无言良久，麻生攥紧我的手轻声安慰："请你继续坚强。"

　　吃过晚饭，气氛仍然有点压抑。麻生打开留声机，坐在地毯上跟着音乐吹口琴。和平趴在他的脚边。我开始熨烫麻生的军装，领口、袖边、衣摆，一处也没有遗漏。我以前所未有的庄重完成了这件事情。接着，我擦净他的军靴，上了鞋油，包装好，连同叠好的军装一起，放进地下室里的木箱，把枪压在最下面。

　　这一夜，我和麻生面对面躺着，各自枕着自己的臂弯。我们聊了很久，有几句还轻触我们的未来。但它是一只蝴蝶，我们没有抓住不放，随它轻巧地飞走了。最后是彼此剩下的那只手，指尖抵着指尖，用它们的语言说着内心的不安。

　　这一夜有点美好。

　　麻生一早起来待在后院侍弄他的菜地。我一边打扫大堂桌椅上的尘灰，一边想着他。

　　这时我听到有人拍门。

　　我的父亲站在门口，左臂吊着绷带，脸色灰暗憔悴，猛然间老了很多。

　　惊呆过后，我抱着父亲哭了。

　　"小雅，你没事就好，没事就好。"父亲连着说。他在自己的圈椅上闭了一会儿眼睛。

"他们说你被砍头了。"我说。

"死里逃生……我们几千人被赶到码头，集体机枪扫射。我受了伤，游到了对岸，差一点淹死……"父亲尽量保持平静，他讲得很慢，很艰难。我了解父亲，我知道他的仇恨如刀在鞘中，"因为伤势不轻，耽误了回来找你。即便我能来，也进不了城。小雅，记住，我们活着，我们是幸存者。我现在要你把狗日本的那些玩意儿通通烧掉，扔得干干净净，永远不要让我看见。"

我握着父亲的手没有说话。

麻生就在这时进来了。

看见圈椅上的父亲，他的表情像突然挨了一拳。他没记住我的嘱咐，本能地朝父亲鞠了一个躬。

父亲身体猛然前倾，离开椅背。

他们看着对方。

我告诉父亲，这个人是个难民，是个哑巴，是个孤儿，他无家可归。

父亲什么也没说，缓缓后仰，在他的圈椅里闭上了眼睛。

我提心吊胆。我悄悄告诉麻生赶紧离开。

"我不愿离开你而活着。"麻生回答我。

中午时分，留声机开着，我在厨房里突然听见两声枪响。我像被击中，双腿软了下去。

父亲站在门边：

"小雅，我们可以养猪、养狗、养豺狼虎豹，但是，我们不能养一个刽子手。"

2011.5.3北京亚运村

文学需要冒犯的力量（后记）

当代权威宗教理论家保罗·蒂里希在《系统神学》里说："恶魔性是连上帝也可能具有的一种因素。"那么，恶魔性是来自人性深处的根本之欲，更是毋庸置疑。弗洛伊德的得意门生赖特将人的性格结构分为三层：表层是正常人彬彬有礼的，富有同情与责任心的，讲道德的；第二层则完全由残忍、虐待狂、贪婪、嫉妒构成；第三层是勤苦诚实、与人为善，是人最基本的生物核心。但是从第三层产生出来的里比多冲动，经过第二层时常发生反常的扭曲。我们常说的善，只有一种可能，最终归类到好人，而恶千奇百怪、千变万化，具有无限可能性，复杂多变，永远无法穷尽。善的东西，是浮在上面的，而恶是沉下去的，因而也更值得探索。当小说以某种非理性的形态、非温和的方式展现人性的本来面目，自然为我们日常生活中的道德因素和社会规范所不能容忍。但是，这些东西深深扎根于人类原始生命的本能之中。小说家对恶的探索与思考，是内心能量的巨大喷发，是对于神圣艺术的冒犯。

小说需要冒犯的力量。在人类文明的发展上，注定产生的影响就在那一股冒犯的力量，它可能会找到一个新的突破，一个尚未被人类意识到的人类自己的界限，或者是击碎某种东西，并有重建的力量。以知识与思想进行冒犯的力量是巨大的。1916年2月8日，一伙拒绝服役者在苏黎世将一把裁纸刀插入一本《拉鲁斯法文词典》，开始沸沸扬扬的"达达运动"。"达达"甘冒天下之大不韪，选择否定与怀疑，抨击资产阶级的价值观念，意在剥下一切漂亮的外衣，让苟活于这个尘嚣上的世界上的一切露出猥琐的原形。没有"达达"对道德标准、文明体系、美学准则，甚至宗教信仰等进行的冒犯与颠覆，就没有超现实主义的诞生。

我们有极少数作家，一直坚持进行直面人生、直面生活阴暗和人性黑暗面的、不讨好的、冒犯性的文学创作。我赞同黑暗是有深度的，黑暗中的光亮更有穿透力。人性中的原欲、疯狂和变态，折射的就是种种社会性问题。

优秀的作家可能总是与世俗社会相对立，他傲然不羁，常常听从心灵的召唤。俄国作家萨米尔钦甚至在《新俄罗斯散文》中写道："……真正的文学只能由狂人、隐遁者、异端者、幻视者、怀疑者、反抗者产生出来。"这话虽偏激，但不无道理。

有位作家曾经在一篇文章中谈到，中国当代文学患上了五个严重的病症，我对其中提到的两个病症深有同感：一是说当代文学只有肉体的"活着"而没有灵魂的求索。对"灵魂的求索"，是思想的更深层次的表达，当然生命在场的历练本身包含许多令人思索的问题，但这种本能的呈现，也就是说人物、故事本身能达到一个什么样的思想深度与高度，归根结底，仍然是取决于作家的价值观，以及他对这个社会的认知、对人性的把握和对事物的态度。

二是说当代文学只有泛滥的抒情而没有冷峻的真相。在一个被表象遮蔽的世界里苟且生活，如果被禁止打探真相，被强迫遗忘历史，忘记我们所置身的时代是怎么延续而来的，正常的生命感受、正常的写作伦理和说真话的勇气就渐渐不那么清晰了；如果政治权力对文学进行高度侵犯与打压，文学便不独立、不自由，文学丧失讨论政治的权利，也很难有《古拉格群岛》《一九八四》那样让人震撼清醒的作品出现。

作为现代西方文明的批判者，亨利·米勒认识到文明对人性的压抑，就在于理性不断迫使现代人屈从于现代文明形成的一套传统，因此他不惜使用污言秽语以及极端的手法。米勒笔下的自我往往显得卑鄙无耻下流，他并非想宣扬这些，而是要表现一种强烈的反思与自我重建。而冒犯自我的卢梭则十分可爱，他在《忏悔录》中自我解剖，不回避自我，尤其是丑陋的部分绝不讳莫如深。

一直以来，人们对于作品缺乏文学性十分宽容。比如说作品虽不成熟，很粗糙，但能真实地反映了我们的社会生活，所以肯定的是作品所承担的非文学的功能，是政治的功能、道德的功能等。一部小说，在冒犯了正统知识、主流知识、道德、人伦、风俗，冒犯一切藩篱和秩序，冒犯了人们那颗软弱的心时，它的文学性就会被完全忽略与抹杀。正如有位作家所言："人们弄出法律、道德、美学这些名堂来，就是要你们去尊重一些脆弱的东西。"

小说的自由，最早在庄子那里飞舞。卡夫卡说过："小说是探讨一种存在的可能。"少数基督徒通过渎圣接近上帝，少数小说家选择冒犯抵达本质，他们是上帝与艺术的"不肖子"。

2011.5北京亚运村